KB115642

Red Chronicle

레드 크로니클

FUSION FANTASTIC STORY

김현우 퓨전 판타지 소설

레드 크로니클 6권

김현우 퓨전 판타지 소설

초판 1쇄 찍은 날 § 2014년 2월 18일
초판 1쇄 펴낸 날 § 2014년 2월 25일

지은이 § 김현우
펴낸이 § 서경석

편집부장 § 권태완
편집책임 § 정수경

펴낸곳 § 도서출판 청어람
등록번호 § 제1081-1-89호
등록일자 § 1999. 5. 31
어람번호 § 제1-1789호

주소 § 경기도 부천시 원미구 심곡2동 163-2 서경B/D 3F (우) 420-822
전화 § 032-656-4452 팩스 § 032-656-4453
http://www.chungeoram.com
E-mail § chungeorambook@daum.net

ISBN 978-89-251-3737-7 04810
ISBN 978-89-251-3523-6 (세트)

레드 크로니클

Red Chronicle

김현우 퓨전 판타지 소설
FUSION FANTASTIC STORY

6

도서출판 청어람

CONTENTS

제1장

첫 번째 상대

티엘에게 최고급 포션을 건네받은 아스트롱 공작은 그날로 곧장 부상 회복에 힘을 쓰기 시작했다.

그동안 치료를 할 수 없었던 것은 최고급 포션을 구하지 못해서가 아니라 강대한 적을 위아래로 둔 상황에서 마음의 여유를 얻지 못했기 때문이다. 티엘이라는 존재가 마음을 가볍게 해주었기에 홀가분한 마음으로 치료에 전념하게 되었다.

실질적인 지휘권을 넘겨받은 티엘은 제이론을 불러들였다.

"제이론."

"예, 주군."

"지금 상황을 어떻게 바라보고 있지?"

"우선 주군의 뜻이 어디까지 있는지 알아야 합니다."

"무슨 뜻?"

"바로 침공한 적의 처우입니다. 단순히 아스트롱 공작가에서 몰아내는 것으로 끝을 낼지, 아니면 다시는 침공하지 못하도록 치명적인 타격을 입힐지 결정을 해주셔야 합니다."

제이론의 머릿속에는 이미 두 가지 경우를 상정하여 전략을 수립해 놓은 것이 느껴졌다.

입꼬리를 말아 올린 티엘이 대답했다.

"당연히 치명적인 타격을 가할 것이다."

"예, 그렇다면 라이오너 후작가를 공략하는 것을 추천드리겠습니다."

"알았다."

그 말을 끝으로 티엘이 더 묻지 않자, 제이론의 얼굴에 당혹감이 서렸다.

"…이유는 듣지 않으십니까?"

"어련히 잘 알아서 해놓았을 일을 굳이 들을 이유가 있나?"

"절 믿어주시는 것은 감사합니다. 하지만 설명을 생략하게 되면 자칫 주군과 오해가 생길 수 있다고 생각하기에 말씀드리겠습니다."

"듣도록 하지."

"간단하게 설명하자면 전력의 차이입니다. 라이오너 후작가, 위클린 공작가 모두 강대한 전력을 지니고 있으나 실상을 들여다보면 그 차이는 굉장히 큽니다. 라이오너 후작가는 주변에 많은 적을 접하고 있으며, 제국 외 오랑캐 출신이 많기에 압도적인 무력을 앞세운 주군의 무위라면 단숨에 정리하는 것이 가능해집니다. 먼저 그들을 공략한 뒤, 후방의 안전을 도모하고자 합니다."

제국 최고의 기병을 거느린 라이오너 후작가의 존재감이 티엘 앞에서 곤두박질치는 순간이었다.

"위클린 공작가는 다른가?"

그것은 개인적인 궁금증이 섞여 있었다.

"그렇습니다. 위클린 공작가의 칼헤린 지방은 이미 하나의 왕국이라고 해도 무방할 정도로 광범위합니다. 곳곳에 산이 있어 방어에 용이할 뿐만 아니라, 내부에 평야가 펼쳐져 있어 군량 보급에 차질이 없습니다. 이곳을 공략하기 위해서는 장기전을 각오하셔야 합니다."

"날 상대로 잘 버텨낼 거라 생각하나 보군."

"그것은 아닙니다. 주군께서 나서신다면 위클린 공작가도 격파하는 것은 어렵지 않습니다. 하지만……."

"하지만?"

"그간의 행보를 지켜보면 결코 가볍게 볼 수 있는 인물은 아닌 것 같습니다."

신중한 그의 모습에 티엘은 조용히 고개를 끄덕였다.

과거에 겪어보았던 위클린 공작가의 역량이었던 만큼 다른 설명이 없더라도 충분히 이해할 수 있었다.

"지금 중요한 것은 라이오너 후작가로군."

"예, 그렇습니다."

"그들을 처리할 준비를 하도록."

짧막한 대답과 함께 티엘은 자리에서 일어났다.

부상 치료를 위해 공식 석상에서 모습을 감춘 아스트롱 공작이었지만 모든 대소사를 티엘에게 떠넘긴 것은 아니었다.

그의 아들이자 크레티아의 오라버니인 오비에른이 몇몇 일을 도맡아 처리하고 있었는데, 그는 대부분의 일을 넘긴 아스트롱 공작의 처사에 불만을 가지고 있었다.

"저들이 언제 먹이를 노리는 승냥이처럼 바뀔지 모르는 노릇인데……."

첫 만남부터 티엘은 그리 마음에 드는 인물이 아니었다.

클루스 지방 맹주인 아스트롱 공작가의 대공자인 자신을 아는 척도 하지 않는 것이 싫었고, 자신보다 어림에도 절대강자의 반열에 올라 기사들의 칭송을 받는 것도 마음에 들지 않았다.

오비에른의 불만을 듣고 있던 책사 켐벨도 동조했다.

"대비를 하셔야 합니다."

"그렇게 생각하나?"

"로운 백작은 음흉한 인물입니다. 사람들은 여태껏 그가 권력에 욕심이 없는 것으로 생각하고 있겠지만 실상은 꾸며진 것일 확률이 높습니다. 공녀님과의 혼인도 뒤로 미루다가 이제야 승낙을 한 것은 가문이 어려움에 직면하고서가 아닙니까? 이는 여차하면 본가를 집어삼킬 수도 있다는 뜻으로 해석됩니다."

"그건 있을 수 없는 일이다!"

인상을 일그러뜨린 오비에른이 목소리를 높였다.

켐벨은 고개를 숙이며 조심스럽게 말을 전했다.

"작은 가능성에 지나지 않습니다만 로운 백작에게는 그만한 힘이 있습니다. 공자님께서도 그 부분에 대해 대비하셔야 합니다."

"……."

입을 다문 오비에른은 생각에 잠겼다.

세간에 알려진 티엘은 권력에 욕심이 없는 귀족이었다. 모든 정사를 가신에게 떠넘겼으며, 외부에 모습을 드러낼 때는 가신들의 강권에 의한 것이었다.

하지만 그것이 모두 꾸며진 것이라면?

아스트롱 공작가에 큰 위기가 닥친 셈이다.

"정말 그럴 가능성이 있다고 생각하나?"

"지금 상황을 지켜보시면 답이 나오지 않습니까."

"으음."

그의 등장으로 자신의 권리 상당 부분이 줄어든 것이 사실이었다.

여태까지 그것을 당연하게 여겼지만, 켐벨의 은근한 부추김은 오비에른의 마음에 불만의 싹을 틔워놓기에 부족함이 없었다.

"당분간은 지켜볼 것이다."

"알겠습니다."

"하지만 상황이 어떻게 흘러갈지는 모르는 법. 대비를 해놓도록."

"예, 공자님."

고개를 숙인 켐벨이 밖으로 나갔고, 오비에른이 중얼거렸다.

"본가를 도와주는 것은 고맙지만 허튼 수작은 용서하지 않겠다."

제이론의 계책을 전해 들은 티엘은 가볍게 눈살을 찌푸렸다.

라이오너 후작가를 먼저 무너뜨리기로 합의를 보았지만 그가 내세운 계책은 실로 간단하기 그지없었던 것이다.

여기에 한 가지 요소가 발목을 붙들어놓았다.

"결국 아스트롱 공작이 회복할 때까지 발이 묶인 셈이로군."

"아무래도 오비에른 공자의 역량에 의지하기 어려워서 말입니다."

이제 이십 대 후반에 접어든 오비에른은 아스트롱 공작의 뒤를 이을 만한 재목으로 평가받고 있지만 그의 역할을 전적으로 전담할 것이라 평가받지는 못했다.

"그런데 계책이 지나치게 심플하군."

"하하, 그렇습니까?"

티엘이 무엇을 언급하는지 알아차린 제이론은 어색한 미소를 흘렸다.

"이 정도면 널 데려온 이유가 없지 않나?"

"사실… 주군에게는 그리 많은 계책이 필요하지 않습니다."

"무슨 뜻이지?"

"말 그대로입니다. 주군에게는 전략이라는 것이 무의미합니다."

"자세한 설명을 듣고 싶군."

"예, 제가 말씀드리고 싶은 것은 주군이 압도적인 무위를 보유하심으로써 그 자체만으로 훌륭한 전략이 되어버렸다는 점입니다. 이는 어떤 전략을 내세우더라도 주군의 무위에 비견되지 못하니, 주군의 힘 자체가 어떠한 전략보다 뛰어나다는 뜻입니다."

칭찬을 하는 제이론의 표정은 진지하기 그지없었다. 그리고 그것을 듣고 있는 티엘의 표정에도 별다른 변화는 없었다.

"태연하게 칭찬을 줄줄이 늘어놓는군."

"그동안 많이 늘지 않았습니까? 저도 이렇게 칭찬하는 것을 그리 좋아하지 않습니다만 주군께서는 그만한 자격을 갖고 계십니다."

"결국 날 귀찮게 만들겠다는 말로 들리는군."

"…하하!"

정곡을 찔린 제이론은 어색한 미소를 흘릴 뿐이었다.

"결국 움직이는 것은 아스트롱 공작이 일어난 뒤로군."

"예, 이해해 주시길."

"이해할 이유가 있나? 휴가를 왔다고 하고 편히 쉬면 되겠지."

"그것도 좋습니다."

가문 내에 있을 때 티엘이 얼마나 게으름을 부린지 알고 있는 제이론이었기에 어느 정도 쉬엄쉬엄하는 것이 좋다고 생각했다.

하지만 그는 뜻을 이룰 수 없었다.

문이 벌컥 열리더니 기사가 들어와 티엘을 향해 예를 취한 것이다.

"주군!"

"무슨 일이지?"

"오비에른 공자가 주군을 뵙고자 합니다."

"……."

막 휴식을 취하려던 순간에 방해를 받자 티엘의 눈살이 찌푸려졌다.

그 모습을 지켜보던 제이론은 입가에 지어지려는 미소를 감춘 채 말을 건넸다.

"다녀오시지요."

"같이 가지."

"예? 아, 예. 알겠습니다."

혼자 쉬게 만들지 않겠다는 굳건한 의지가 느껴져 제이론은 입가에 미소를 지으며 고개를 숙였다.

자신의 속내를 알고 있는 것처럼 행동하는 모습이 마음에 들지 않아 티엘의 미간이 찌푸려졌다.

"귀찮게 구는군."

오비에른에 대한 감정이 좋아지지 않는 순간이었다.

긴 고심 끝에 오비에른이 내린 결론은 티엘을 불러 자초지종을 물어보는 것이었다.

티엘이 방 안에 들어서자, 자리에서 일어난 그가 정중하게 예를 취했다.

"어서 오시오."

공작의 작위를 승계할 후계자였지만 티엘은 이미 한 지방의 패자이자 백작의 작위를 승계한 고위 귀족이었다.

"무슨 일이지."

대답도 하지 않고 자리에 앉은 티엘이 곧바로 용건을 꺼내 들었다.

무례한 그의 태도에 오비에른의 미간이 꿈틀거렸지만 속내를 숨기면서 가벼운 손짓으로 차를 가지고 오게끔 했다.

"본가를 위해 먼 길을 달려왔는데 감사의 인사를 제대로 건네지 않은 것 같아서 말이오."

"그건 아스트롱 공작에게 충분히 들었으니 상관없는 일이로군."

"하하, 그렇소?"

하는 말마다 곱지 않았지만 오비에른은 웃음으로 그것을

얼버무리고자 했다.

티엘은 그에 전혀 개의치 않고 찻잔을 들어 차를 한 모금 입가에 머금은 뒤 향을 음미했다.

"차 맛이 좋군. 그나저나 내 질문에 대한 대답은?"

"대답? 음! 그러니까 감사의 인사를 건네고, 묻고 싶은 말이 있어서 불렀소."

"말하도록."

"……."

직설적이어도 너무 직설적이었다.

그전 한 차례 만남에서도 거칠 것이 없다는 느낌을 받았지만 이렇게 무례하게 나오는 사람은 자신의 주변에 단 한 명도 존재하지 않았다.

'이자가 정말 절대강자란 말인가? 누가 봐도 가정교육을 잘못 받은 귀족가 망나니에 지나지 않아 보이는데…….'

어엿한 실적이 있었음에도 지금 보인 티엘의 모습은 망나니, 그 이상 그 이하도 아니었다.

입을 다물고 있던 오비에른은 가볍게 숨을 골랐다.

"본가를 위해 먼 길을 달려온 것은 정말 고마운 일이고, 아버지에게 도움을 준 것 또한 기분 좋은 일. 로운 백작의 존재감만으로 가문이 안정을 찾는 것 같아 감사의 인사를 전하고 싶었소. 하지만 아직도 남북으로 강력한 적이 있으니, 그 기간 동안 잘 부탁드린다는 말이 하고 싶었을 뿐이오."

그가 건네는 말은 정중하기 그지없었다.

하지만 티엘은 그의 말 속에 담긴 의미를 정확하게 꿰뚫어 보았다.

"한마디로 적을 물리치지 않고 여기에 눌러 앉아서 뭐하는 거냐는 뜻인가?"

"그, 그게 무슨……!"

정곡을 찔린 오비에른이 역정을 내며 자리에서 일어나려 고 했지만 그 순간 몸이 통제를 벗어나면서 그대로 무너지고 말았다.

거대한 압력이 몸을 짓누르면서 전신의 자유를 앗아갔다.

"으, 으으!"

"주군."

뒤에 서 있던 제이론이 과격한 티엘의 행동에 조심스럽게 그를 불렀다.

티엘은 전혀 개의치 않는 표정으로 중얼거렸다.

"이제는 별 같잖은 것들이 귀찮게 구는군."

"뭐, 뭐라… 크아아악!"

발끈한 오비에른이 뭐라고 말을 하려고 했지만 뒤이어 전 해지는 압박감에 비명을 지르고 말았다.

뒤에 서 있던 아스트롱 공작가의 기사들이 앞으로 나서려고 했지만 마치 보이지 않는 실에 전신이 꽁꽁 묶인 것처럼 어떠한 움직임도 보일 수 없었다.

'이것이 절대강자의 신위!'

마스터의 칭호를 받은 검사조차 이런 신위는 선보이지 못할 것이다.

"잘 들어라."

"……."

기세에 묶인 오비에른은 간헐적으로 고통스러운 신음만 흘릴 뿐이었다.

"내가 아스트롱 공작에게 예를 취한 것은 울면서 나에게 애원하던 크레티아의 마지막 자존심을 세워주고자 함이다. 내가 그 정도로 눈치가 있고 예의를 알았다면 리그디스 공작과 충돌할 일도 없었겠지."

그와 동시에 전신을 짓누르던 압박감이 해소되었다. 한순간 몸의 통제권을 잃었던 오비에른이 자리에서 일어나 거칠게 숨을 몰아쉬었다.

"후욱! 후우!"

"앉도록."

기분이 나쁠 수밖에 없는 명령이었지만 쓴 경험을 한 오비에른은 순순히 자리에 앉았다.

티엘은 맞은편에 앉은 오비에른을 보며 눈살을 찌푸렸다.

크레티아의 오라버니만 아니었으면 다시는 이런 짓을 못하게 혼을 내면 되는데 그녀가 마음에 걸렸다.

"제이론."

"예, 주군."

"무슨 이유로 이런 짓을 벌였는지 설명해 보도록."

"여러 가지 경우가 있지만 제가 생각하길, 오비에른 공자님은 주군께서 이대로 아스트롱 공작가에 눌러앉아 이곳을 차지해 버릴 경우를 걱정하셨을 것입니다."

"……!"

자리에 앉아 있던 오비에른은 물론, 그런 생각을 꺼내놓았던 켐벨 또한 몸을 움찔 떨었다.

"그래서?"

"이미 윈스터 후작가가 그런 전략을 바탕으로 한 지방을 차지한 적이 있습니다. 그리고 현재에 이르러 영주들 중 가장 큰 세력을 거느리게 되었습니다. 선례가 있으니 오비에른 공자님도 쉬이 마음을 놓으실 수 없었을 거라 생각합니다. 하지만 서로 간의 오해로 인해 비롯된 일이니 주군께서 걱정하실 부분은 없습니다."

부드러운 제이론의 말에 오비에른이 한결 편한 표정을 지었다.

하지만 다음 이어진 티엘의 말에 다시 긴장한 표정을 지어야 했다.

"누가 나한테 설명하라고 했나?"

"예?"

"나 말고 저 얼간이를 납득시키라는 뜻이다."

"아, 죄송합니다. 오비에른 공자님. 주제넘을지 모르나 제 말을 들어보시겠습니까?"

"…듣겠다."

얼간이란 단어에 발끈했던 그는 침착하게 마음을 다스리며 이어질 말을 기다렸다.

"주군에 대해 어떻게 생각하실지 모르나, 세간에 알려진 것과 크게 다르지 않다는 점을 알려드리고자 합니다. 저 같은 가신들은 그러한 방법을 추천 드리지만, 주군께서는 클루스 지방에 미련이 없으십니다. 왜냐하면 그것을 귀찮은 짐으로 여기시기 때문입니다."

"본가가 짐이라니……."

"주군께서는 게카스 백작의 휘하에 있던 육만의 정예병을 정착시키셨음에도 그들 전체를 병사로 동원하지 않고 계십니다. 영토가 늘어날수록 할 일도 늘어나고 귀찮은 일도 많아지니 무분별하게 일거리를 늘리지 않는다, 이것이 로운 백작 각하의 지론입니다."

"……."

현 시대 귀족들과 궤를 달리하는 사고방식이 아닐 수 없었다.

한동안 얼빠진 표정을 짓고 있던 오비에른은 티엘이 어떤 인물인지 대략 감을 잡을 수 있었다.

자신의 무위에 오만할 정도로 자신감을 가지고 있으며, 그 누구에게도 가식이 존재하지 않는 인물. 자신의 관심 외의 것은 모두 귀찮아하며 거들떠보지도 않는 것이 티엘이었다.

"내가 실수를 했군."

자신의 권한이 줄어드는 것에 위기감이 들고, 캠벨의 말에 바로 반응해 버린 자신의 실수였다.

허탈한 미소를 지으며 의자에 몸을 묻는 그를 보며 티엘이 한마디 했다.

"이제라도 알아차렸으니 귀가 멀쩡한 건 증명한 셈이로군."

"하하."

방금 전이었다면 곧바로 반응했을 테지만 그의 입에서 흘러나오는 것은 웃음뿐이었다.

티엘이 아스트롱 공작가에 관심이 없다면 적대할 이유가 없다.

오히려 대우를 해줘서 힘을 발휘하게끔 해야겠지.

"용건은 끝났나?"

"그렇소."

"다음에는 이런 시답지 않은 일로 날 청하지 말도록."

느릿하게 몸을 일으키는 티엘에게서 매서운 기세가 유형화되며 오비에른에게 쏘아졌다.

화들짝 놀란 기사들이 달려들었지만 그 기세는 오비에른을 강타한 후였다.

"흡!"

숨이 턱하니 막혀오면서 전신이 예리한 살기에 노출된 느낌을 받은 오비에른의 얼굴이 창백하게 바뀌었다. 하지만 신기하게도 몸에는 아무런 변화가 없었다.

티엘은 그대로 자리를 벗어났다.

"……."

한참의 시간 동안 그는 아무런 변동도 없이 침묵을 지켰다. 켐벨과 기사들은 그런 그를 걱정스러운 눈길로 바라보고 있었다.

"하아! 하아!"

억겁과도 같은 시간 동안 날카로운 살기에 노출되어 있던 오비에른이 거칠게 숨을 몰아쉬면서 입을 열었다.

"어, 얼마나 흘렀지?"

"예?"

"로운 백작이 나가고서 말이다!"

"사, 삼 분 정도입니다."

"삼 분?"

손을 든 그는 자신의 이마에 맺힌 땀을 훔쳐냈다. 짧은 시간에 불과했지만 손을 흥건히 적실 만큼 티엘의 기세는 위협적인 것이었다.

"경거망동하지 말라는 건가."

짧은 시간이지만 그와의 만남은 많은 것을 깨닫게 해주었다.

만약 그를 적으로 만났다면?

부르르.

그것을 생각하는 것만으로 전신에 소름이 돋을 정도로 강렬했다.

"적이 아닌 걸 다행으로 여겨야겠군."

거처로 돌아온 티엘은 그때까지 옆에 서 있던 제이론을 향해 입을 열었다.

"할 말이 있는 눈치로군. 말해보도록."

"아, 아닙니다."

"표정 관리가 되지 않고 있는데 그 말을 내가 믿을 거라 생각하나?"

"……."

"말하도록."

연이은 티엘의 강권에 잠시 망설이는 표정을 짓고 있던 제이론이 어렵게 입을 열었다.

"오비에른 공자에게 너무 위협을 가한 게 아닌지……."

"그것 때문이었나."

"예, 오비에른 공자는 공녀님의 오라버니이자, 아스트롱 공작가의 후계자입니다. 미래를 볼 때 관계가 틀어지면 좋지 못하다고 생각합니다."

"나와 생각이 다르군. 내가 무슨 말을 하려는지 짐작하나?"

"깨우침입니까?"

"맞다, 정확하게 보았군."

그것까지는 제이론이 꿰뚫어 본 부분이었다. 하지만 티엘과 달리 그 부분에 대해서 부정적인 견해를 보였다.

"그것이 때로는 독이 될 수도 있습니다."

"그건 내가 생각할 필요가 없다. 자신이 스스로 깨닫고 껍질을 깨면 아스트롱 공작가 입장에서 좋은 것이고, 그 껍질에 갇혀 있다면 아스트롱 공작가의 역사도 그 녀석의 대에서 끝이 나겠지."

"후우! 주군이 어떤 뜻을 갖고 계신지 알겠습니다. 주제넘게 나서서 죄송합니다."

포기의 심정이 담겨 있었지만 그 이면에는 짙은 아쉬움도 함께했다.

"그걸 걱정할 시간이 있으면 다른 부분에 신경 쓰도록. 조만간 아스트롱 공작이 복귀할 것이다."

"예, 주군. 라이오너 후작가를 무너뜨릴 계책을 세워 오겠습니다."

고개를 깊이 숙인 제이론이 물러났다.

그 뒷모습을 물끄러미 쫓던 티엘이 중얼거렸다.

"그 정도 역량도 되지 못한다면 이런 귀찮은 일을 하지도 않았겠지."

티엘의 아스트롱 공작가 입성으로 위클린 공작가는 한발 물러서는 모양을 보였지만 라이오너 후작가는 달랐다. 그들은 여전히 군을 주둔시킨 채 호시탐탐 공격의 기회를 노리고 있었다.

"대책을 세워! 대책을!"

라이오너 후작은 분노를 터뜨리며 휘하의 귀족들을 닦달했다.

하지만 돌아오는 것은 침묵뿐.

그것이 그로 하여금 더욱 분노에 불을 지피게 하였다.

"왜 말이 없나!"

"주군! 현 상황은 여러 가지로 본가에게 불리한 상황입니다. 섣부른 판단으로 저들을 도발하고 나서면 자칫 절대강자를 맞이해야 할지도 모릅니다."

한 귀족의 말에 라이오너 후작의 미간이 꿈틀거렸다. 이내 그의 입에서 분노가 터져 나왔다.

"그러니 대책을 세우라고 하는 것이 아닌가!"

"죄, 죄송합니다."

답답하기 그지없는 휘하 귀족들의 태도에 라이오너 후작은 표정을 구겼다. 그리고 한곳에 앉아 침묵을 지키고 있는 가신을 호명했다.

"클리멘트 자작!"

"예."

호명된 클리멘트 자작은 작은 체구에 볼품없는 외모를 한 인물이었다.

하지만 라이오너 후작은 그를 전적으로 신뢰하고 있었다. 왜소한 체구에 못생긴 외모였지만 그의 머릿속에는 대륙을 질타할 수 있는 책략이 담겨 있던 것이다.

"로운 백작을 상대할 방법이 없나?"

그저 그런 변방 가문이었던 라이오너 후작가를 한 지방의 패자로 우뚝 세워놓은 책략의 대가가 바로 그였다. 라이오너 후작은 클리멘트 자작의 대답을 기다렸다.

"현 상황에서는 정면대결을 벌이는 것이 손해라는 걸 이미 알고 계실 것입니다."

"알고 있다."

"간단하게 생각하면 됩니다. 지금 상황에서 저들과 충돌을 빚는 것은 무리입니다."

"물러나는 것밖에 답이 없다는 뜻인가?"

"그것은 아닙니다."

"자세히 설명하도록."

거듭되는 채근에 클리멘트 자작은 잠시 입을 닫고 생각에 잠겼다가 말했다.

"후퇴는 일시적인 것입니다. 나머지는 위클린 공작가가 해결할 것입니다."

"위클린 공작가가?"

"그들은 클레디오 백작을 끌어들일 것입니다."

"클레디오 백작을?"

전혀 예상치 못한 이름이 언급되자 라이오너 후작은 물론, 다른 귀족들의 얼굴에 경악이 서렸다.

클리멘트 자작은 작게 고개를 끄덕였다.

"로운 백작이 나서기 무섭게 위클린 공작은 후퇴를 했습니다. 마치 아스트롱 공작가에 더 이상 미련이 없는 것처럼 보일 정도였습니다."

"그렇지. 마나석 광산의 존재를 알고 있는 녀석들이 그렇게 쉽게 물러설 리 없지."

마나석 광산의 언급에 귀족들은 눈을 빛냈다. 그 속에는 탐욕이 자리하고 있었다.

"물러선 이유는 간단합니다. 로운 백작을 상대할 방안이 없기 때문이지요."

"로운 백작이라, 갑자기 나타난 애송이가 절대강자라니."

"소문은 경시할 수 없습니다. 믿고 대비하는 것이 주군에게도 좋습니다."

"그래야겠지. 그래서 어떻게 하자는 거지?"

"말 그대로입니다. 위클린 공작가는 클레디오 백작을 끌어들일 것이고, 둘의 대결은 벌어질 수밖에 없습니다. 주군께서 움직이는 것은 그다음입니다."

"대결의 결과가 나온 다음이로군."

눈치가 없는 인물이 아니기에 라이오너 후작은 클리멘트 자작이 무슨 말을 하려고 하는지 알아차렸다.

"제국 최강이라 불리는 클레디오 백작을 상대로 로운 백작이 승리할 가능성은 희박합니다. 설령 승리를 하더라도 몸이 온전할 확률은 거의 없습니다. 우리 입장에서는 위클린 공작가가 차려놓은 식사를 먹기만 하면 됩니다."

"크하하하! 그리 되면 위클린 공작의 표정이 사정없이 구겨지겠군. 아주 마음에 드는 방법이 아닐 수 없다!"

호탕하게 웃음을 터뜨린 라이오너 후작이 눈을 빛냈다.

클리멘트 자작이 답을 내놓은 이상 더 망설이는 것은 바보나 하는 짓일 것이다.

미련을 깔끔하게 털어버린 그는 주위를 둘러보며 목소리를 높였다.

"클리멘트 자작의 말대로 우리는 물러난다."

라이오너 후작가의 군대가 물러났다는 소식이 전해지자 아스트롱 공작가는 흥분에 휩싸였다.

오랫동안 가문을 위협하던 두 가문의 군대가 모두 물러났다!

그것이 영원할 거라 생각하는 이들은 거의 없지만 티엘의 존재감이 얼마나 대단한 것인지 실감하는 계기가 되었다.

모두가 기뻐하는 가운데, 유독 표정이 밝지 않은 사람이 있었으니 바로 제이론이었다.

고민을 거듭하던 그는 결국 티엘을 찾아갔다.

"주군께 드릴 말이 있습니다."

"하도록."

"애석하지만 주군에게 귀찮은 일이 생길 수 있을 것 같습니다."

"무슨 의미지?"

"라이오너 후작가가 물러난 이유를 알고 계신지요."

"지금 그 이야기로 떠들썩한데 모를 리가 없겠지. 그것이 뭐가 문제지?"

"라이오너 후작은 욕심이 대단한 인물입니다. 마나석 광산을 앞에 두고 물러설 이유가 없는데 마치 미련을 털어낸 것처럼 물러났습니다. 저는 그 이유가 무엇인지 고민하던 도중, 최악의 가정을 설정해 보았습니다."

최악이라는 단어를 들었음에도 티엘은 별다른 반응을 보이지 않았다. 마치 남의 이야기를 듣는 것처럼 자연스러운 모습이었다.

"계속 말해보도록."

"바로 클레디오 백작의 등장입니다."

"어떻게 그 결론에 도달했지?"

"주군이 등장하기 무섭게 두 가문은 군대를 뒤로 물렸습니다. 이는 주군의 위세에 겁을 먹은 것처럼 보일 수 있지만 그들 입장에서는 절대강자를 상대할 수 있는 대안이 없어서이기도 합니다."

"……."

티엘은 묵묵히 듣고 있었다. 제이론도 계속 말을 이어나갔다.

"대안이 없다면 대안을 만들면 되는 것입니다. 위클린 공작에게는 오랫동안 보좌해 온 헤수스 남작이라는 뛰어난 인물이 있습니다. 그리고 협상에 능한 하라스 자작이 움직였다는 소식이 전해졌습니다."

"클레디오 백작에게 갔군."

"그렇습니다. 라이오너 후작가에 천재 책사인 클리멘트 자작은 그것을 꿰뚫어 보고 군대를 뒤로 물릴 것을 제안했을 것입니다."

"그래서?"

"클레디오 백작이 오면 상황은 복잡해질 것입니다."

제이론은 솔직하게 자신의 속내를 털어놓았다.

이미 오래전부터 제국 최강이라는 위명을 떨친 클레디오 백작의 존재감은 제국 내에서 압권이었다.

그것은 티엘이 뛰어넘기에 너무나 높은 이름이었다.

그가 천재라면 클레디오 백작은 그보다 한발 앞서 위명을 떨쳤다.

자신의 주군이 패배한다는 생각은 해본 적이 없지만 최악의 상황을 피할 수 있다는 생각 정도는 충분히 할 수 있었다.

"클레디오 백작이라……."

자신과 번번이 충돌하는 그 이름을 중얼거리면서 티엘은 입가에 미소를 지었다.

회귀 전의 자신에게 있어 제국 최강이라는 단어는 그다지 와닿지 않았다.

오로지 자신의 검을 완성하는 데 집중한 시간들이었고, 나머지는 뒷전이었다.

그런 그에게도 회귀 전 클레디오 백작의 일화는 유명한 것이었다.

그곳에서 클레디오 백작은 지금처럼 고독한 늑대와 같았다.

레디븐 백작이 일컫길, 그를 잡기 위해서는 대군을 동원하여 며칠 밤낮을 붙들어놓는 수밖에 없다고 평가할 정도였으니 말이다.

"하고 싶은 말은?"

"두 가문을 물러서게 만든 것으로 충분합니다."

"나더러 도망치라는 뜻이군."

"……."

"왜 내가 클레디오 백작에게 밀릴 거라 생각하지? 갑자기 든 궁금증이니 방금 전 무례는 특별히 넘어가 주도록 하지."

클레디오 백작은 먼 곳에 있는 인물이었고, 자신은 가까이 있었다.

자신의 힘을 그 누구보다 가까운 곳에서 목격한 제이론이 이렇게 부정적인 반응을 보이는 이유가 궁금했다.

"절 의심하지 마시길, 저는 주군께서 패배하실 거라 생각지 않습니다."

"그럼?"

"주군께서 혹여 부상을 입을 상황을 염려하고 있습니다."

"부상이라."

"주군께서는 헤인조 지방의 맹주이십니다. 주군을 따르는 많은 사람들을 생각해 주십시오. 아스트롱 공작가를 지키는 것도 중요하지만 주군의 안위보다 중요하지는 않습니다."

충성심이 구구절절 묻어나오는 말이었다. 진심 어린 그의 충언을 들으면서 티엘은 피식 웃음을 흘렸다.

회귀하기 전에는 따르는 사람 하나도 없이 검만 익혔던 자신에게 이런 충신이 생겼으니 따지고 보면 잘못된 삶도 아니었다.

"난 괜찮다."

"클레디오 백작과 대결을 할 생각이십니까?"

"그가 온다면. 아마 올 것이다. 정치적인 센스는 어디에서도 찾아볼 수 없으니 호승심이 남아 있다면 설득되어 날 찾겠지."

"……."

'주군도 그다지…….'

누가 누구에게 정치적인 감각을 논하는 건지 제이론은 지금 이 순간 티엘을 이해할 수 없었다.

　두 가문이 후퇴를 하면서 축제 분위기에 휩싸인 아스트롱 공작가에 또 다른 축포가 터졌다.

　부상을 입어 요양에 들어갔던 아스트롱 공작이 공식 석상에 복귀를 한 것이다.

　그동안 마음속에 품고 있던 짐을 털어낸 그는 전보다 훨씬 밝아진 얼굴로 티엘을 찾아왔다.

　"축하합니다."

　"허허, 고맙소."

　"적이 물러났다고 해도 일시적인 현상입니다."

　"알고 있소. 마나석 광산에 대한 욕심이 크니 다른 준비를 갖추고 다시 진격을 하겠지. 그래도 가장 위험한 시기를 함께 해 준 것에 고마울 뿐이오."

　"해야 할 일이었습니다."

　티엘이 구사하는 존댓말은 어색하기 그지없었다. 아스트롱 공작도 그것을 느끼고 있었다. 그래서 기분이 더 좋은 것인지 몰랐다. 크레티아를 생각하여 자신을 대우해 주고 있는 느낌이 들었으니 말이다.

　"하고 싶은 말이 무엇인지?"

　"아아, 안 그래도 그 말을 하려고 했소. 혹 시간이 괜찮다면 같이 움직이지 않겠소? 가문의 은인에게 분쟁의 원인이 된 것을 보여주려고 하오."

그 말에 티엘이 반응을 보였다.

"마나석 광산?"

"그렇소, 우리 가문을 궁지로 몰아넣은 마나석 광산이 그것이지."

아스트롱 공작의 입가에 씁쓸한 미소가 걸렸다. 마나석 광산은 그 자체만으로 엄청난 가치를 지닌 것이지만 지킬 힘이 없는 보물은 강도의 표적이 되기 십상이었다.

"굳이 보고 싶지 않습니다만."

"아니, 이렇게 도와주었는데 분쟁의 원인을 살펴보지 않는다는 건 말이 안 되오."

이렇게 권하니 티엘로서도 더 이상 물러서는 모습을 보일 수 없었다.

잠시 고민하던 그가 이내 고개를 끄덕였다.

"알겠습니다."

제2장

고대의 비화

군의 통솔권을 마블론에게 일임한 티엘은 제이론과 함께
마나석 광산으로 떠날 채비를 마쳤다.

미리 준비해 둔 아스트롱 공작은 그를 반기며 곧장 안내를
시작했다.

마나석 광산은 아스트롱 공작가에서 멀지 않은 곳에 위치
해 있었다.

성벽으로 둘러싸인 성의 서쪽에 위치해 있었는데, 깊은 산
이 아닌 동네 뒷산으로 보일 만큼 작은 산에 자리하고 있었
다.

제이론은 주변을 휘휘 둘러보면서 감탄사를 터뜨렸다.

"이러니 저들이 찾지 못하는 건 당연합니다."

"허허, 과찬이오."

"아닙니다. 이렇게 군을 배치하면 적에게 단순한 군수품 보급지로 보일 것입니다."

그가 감탄한 이유는 마나석 광산을 마치 보급품을 축적해 놓는 곳처럼 위장해 놓았기 때문이다.

위클린 공작가의 헤수스 남작이나 라이오너 후작가의 클리멘트 자작 모두 유능한 책사인데 여태까지 마나석 광산을 찾지 못한 것이 의아하게 여겨졌는데 이렇게 위장을 하면 그들도 헷갈릴 수밖에 없을 것이다.

아마 아스트롱 공작가 내에 있는 것인지 확신하지 못해 이곳저곳을 들쑤시며 헛된 힘을 소모하고 있을 확률이 굉장히 높았다.

"광산이라고 하면 보통 큰 규모로 생각하고 있는데 마나석 광산의 규모는 그리 크지 않소. 하지만 그 값어치는 다른 광석과 비교할 것이 되지 않지."

"마나석 광산이로군."

묵묵히 아스트롱 공작의 설명을 듣고 있던 티엘이 중얼거렸다. 그러자 그의 눈에 이채가 서리더니 조용히 고개를 끄덕였다.

뒷산에 흔히 있을 법한 동굴이 바로 마나석 광산이었다.

"이곳이 마나석 광산이오."

"채광은 하지 않는 것입니까?"

티엘이 본 것은 활발한 채광 현장이 아니라 폐쇄되어 있는 광산의 모습이었다.

아스트롱 공작은 입에 쓴웃음을 지었다.

"마나석을 생산하다가 저들이 냄새를 맡을 수 있어서 자제하고 있었소. 행여나 이곳에 함락될 경우 저들이 발견할 수 없게 하려고 했지. 우선 적의 위협에서 벗어날 때까지 지키지 못할 보물을 무리해서 얻을 생각은 없소."

"현명하신 판단입니다."

마나석에 대한 욕심을 버렸기에 적들도 갈팡질팡하면서 확신을 갖지 못했을 것이다.

실제로 광산이 위치한 몇몇 곳에서 위클린 공작가와 라이오너 후작가가 충돌을 빚기도 했다.

이 모든 것이 아스트롱 공작의 판단으로 만들어낸 상황이었다.

"한 가지 묻고 싶습니다."

"말씀하시오."

"채광도 하지 않는 이곳을 굳이 내게 보여주는 이유가 궁금합니다."

"허허, 로운 백작은 의외로 성격이 급하구려. 하지만 내 부탁으로 이곳까지 데려왔으니 목적을 밝힐 수밖에 없겠지. 나는 이 광산을 로운 백작, 그대에게 넘기고자 하오."

"……."

아스트롱 공작의 폭탄 발언에 티엘은 입을 다물었고, 제이론은 눈을 빛냈다.

지금 그가 무슨 생각을 하고 있는 것인지 모르는 사람은 없었다.

"너무 눈에 빤히 보이는 수작이었소?"

"가장 효율적인 방법이기도 합니다."

"그렇군, 허허. 크레티아의 혼수라고 생각하면 여러모로 편할 것이오."

웃음을 지으며 말했지만 두 눈은 차분하게 가라앉아 있었다.

그는 티엘의 대답을 기다렸다.

이 골칫덩어리를 그가 받아줄 수 있을지 기다리면서.

"제이론."

"예, 주군."

"내가 이 마나석 광산을 갖는 것에 대해 어떻게 생각하지?"

티엘의 질문에 제이론은 그가 내심 아스트롱 공작의 제안을 받아들이기로 결정을 내렸음을 눈치챘다.

주군이 결정한 사안을 가신이 망쳐놓을 수 없는 일, 머릿속으로 계산을 마친 그가 입을 열었다.

"사실대로 말씀드리자면 주군께서는 아주 고약하게 걸려드셨습니다."

"그런 듯하군."

"으음."

직설적인 표현의 제이론과 수긍하는 티엘의 태도에 아스트롱 공작은 헛기침을 하였다.

그에 아랑곳하지 않고 제이론이 말을 이어나갔다.

"크레티아 공녀님의 혼수라면 마나석 광산을 거절할 수 없습니다. 마나석 광산의 가치는 주군께서 움직일 만한 가치가 있기 때문입니다. 게다가 믿을 수 있는 아스트롱 공작가에 위치해 있지 않습니까? 마나석의 존재는 가문의 재정을 풍요롭게 만들어줄 것입니다."

"그것뿐인가?"

"이제부터는 주군이 하셔야 할 일입니다. 마나석 광산을 소유로 받은 이상 아스트롱 공작가가 어려움에 처했을 때 반드시 도와야 할 의무가 생기셨습니다. 뿐만 아니라 크레티아 공녀님의 비위도 맞춰주셔야 합니다. 아스트롱 공작 전하께서는 합법적으로 마나석의 일부를 세금으로 얻을 수 있으며,

언제라도 주군의 힘을 빌릴 수 있게 되었습니다."

그 외에도 이번 전쟁에서 두 가문을 반드시 물리쳐야 하는 등 할 일은 곳곳에 산적해 있었다. 그마저도 제이론이 말을 아낀 덕분에 이렇게 끝낼 수 있었다.

"여러모로 제가 손해를 보는 제안인 것 같습니다."

"흠흠! 그래도 손해 보는 제안은 아니지 않소."

속내를 간파당한 아스트롱 공작은 헛기침을 흘리면서 뻔뻔하게 대꾸했다.

"그 부분에 대해서는 네게 맡기겠다."

"예, 주군."

"이러면 되겠습니까?"

"흔쾌한 수락에 내가 감사하는 바요."

자신을 바라보는 그의 시선에 아스트롱 공작은 입가에 진한 미소를 지었다.

"이곳은 폐쇄가 된 것입니까?"

"입구만 막아두었소. 다른 사람이 괜히 호기심에 들어갔다가 큰일이 날 테니."

언젠가 다시 채광을 시작해야 할 광산이었기에 당연한 조치였다.

느릿하게 고개를 끄덕인 티엘의 시선이 광산에 고정되어 있었다.

"그럼 지금 들어가 볼 수 있겠습니까."

"불가능한 것은 아니지만… 들어갈 생각이오?"

"안의 기운이 절 이끌고 있습니다."

"허허, 이거 참."

이해하기 힘든 말에 고개를 절레절레 젓는 아스트롱 공작이었지만 티엘의 말은 그냥 지나치기 힘든 무언가가 존재하고 있었다.

"들어가 보시오. 알아서 할 테니."

"감사합니다."

짤막하게 감사의 인사를 건넨 티엘이 걸음을 옮겼다. 막혀 있는 광산 입구에 손을 대는 순간, 그의 몸이 흐릿해지며 그대로 사라졌다.

"정말 놀라운 인물이로군."

아스트롱 공작의 나직한 감탄에 제이론도 고개를 끄덕였다.

"저도 모시고 있지만 아직까지 그 저력의 끝을 알 수 없는 분입니다."

"그나저나 너무 심각하게 갈 것이 있나?"

"무슨 말씀이신지."

"나와 로운 백작은 사적으로 장인어른과 사위의 관계인데 마나석 광산을 가지고 그럴 필요가 있냐는 말일세."

"그 부분에 대해서는 사적인 감정을 배제하고 임해야 한다고 생각합니다. 가문의 이익인 만큼 저도 최대한 노력을 하도록 하겠습니다."

"알겠네, 큼!"

딱 잘라 말을 하는 제이론의 태도에 아스트롱 공작의 표정이 썩어 들어갔다.

광산 안은 그야말로 푸른빛의 세계였다.

실제로 푸른빛이 광산을 밝히고 그런 것이 아니었다.

마나 본래의 푸른색이 자리함으로써 감각에 전해지고 있는 느낌이었다.

"후우."

진득한 마나의 느낌에 가볍게 숨을 고르면서 주변을 둘러보았다.

한 치 앞도 구분하기 힘들었지만 활짝 개방된 감각 사이로 광산이 어떤 구조인지 그대로 느끼도록 해주었다.

"채광이 마냥 쉽지 않겠군."

잠깐 있었을 뿐이지만 마나석 광산의 채광은 결코 쉽지 않음을 알려주었다.

규모는 크지 않지만 상당량의 마나석이 매장되어 있는 이곳은 그야말로 마나 과잉 현상에 시달리고 있었다.

그것은 일정 공간에 마나량이 과다하게 밀집되어 있는 것을 말하는데, 이는 마나를 다루는 이들이 마나 폭주를 일으키게 만드는 원인 제공을 할 수 있었으며, 그것을 모르는 일반인들에게도 건강에 치명적인 영향을 끼칠 수 있었다.

마법으로 중화를 시키거나 마나 과잉을 방지할 수 있는 조치가 취해지지 않으면 채광 자체가 불가능할 지경이었다.

"능구렁이 같으니."

아스트롱 공작은 이 사실을 알고 있었기에 광산을 닫아놓은 것이 분명했다.

알려주지 않은 것이 괘씸했지만 그것보다 이곳에 대한 관심이 더 커졌다.

"고작 '이 정도' 규모의 광산에 이 정도 마나가 응집되어 있다고?"

자연적인 현상이라기에는 믿을 수 없었다.

밖에서 심상치 않은 느낌을 받았기에 들어온 것이지만 이것은 상상 이상이다.

저벅저벅.

티엘은 걸음을 옮겨 안으로 향했다. 그럴수록 주변 풍경이 선명해지는 것이 느껴졌다.

이는 즉, 안의 마나 밀집도가 더 높다는 걸 뜻했다.

"음."

나직하게 흘러나오는 신음 소리.

그의 두 눈은 여전히 정면에 고정되어 있었다.

평소와 다를 바 없는 담담한 표정이었지만 그 이면에 서려 있는 감정은 조금 전과 비교할 바가 되지 못했다.

"아스트롱 공작이 착각했군."

말 그대로다.

아스트롱 공작은 굉장한 착각을 하고 있었다.

그는 산의 크기를 보고 광산의 규모가 크지 않다고 생각했다. 안으로 들어가 채광할 수 있는 광부가 극히 적었기에 산의 크기로 짐작한 것이다.

하지만 그 이면에 숨겨진 광산의 규모는 상상을 초월했다.

이 정도로 큰 광산이 있었을까 싶을 정도로 광활한 크기의 동굴이 펼쳐져 있었다.

그곳에 자리한 마나석은 단순한 부산물에 지나지 않았다.

티엘은 그것을 정확하게 파악했다.

"하, 하하."

어느 순간 그의 입에서 웃음소리가 흘러나왔다.

동굴 속 마나의 흐름이 기이하게 뒤틀리고 있던 것이다.

그와 동시에 마나 밀집도가 한층 높아지기 시작했다.

웬만한 엑스퍼트조차 숨이 턱턱 막힐 만큼 짙은 마나였다.

마치 살아 있는 것처럼 마나는 그를 향해 도발을 해오고 있었다.

티엘은 입꼬리를 말아 올렸다.

"자신이 있으면 안으로 오라는 건가?"

이 느낌은 오랜만이다.

과거로 돌아오기 전 자신 앞에서 중간계의 절대자를 자처하던 마왕이 그러했다.

스스로를 하늘 위 존재라고 칭하며 그 아래 모든 것을 미물이라 부르던 아집에 사로잡힌 존재.

그와 비견되는 오만함은 오랫동안 감춰두었던 투쟁 본능을 깨워주었다.

콰콰콰!

강렬한 기세가 발산되면서 주변의 기운을 밀어내기 시작했다.

짙은 마나는 그의 통제 아래 흩어졌으며, 점점 응집하던 마나 농도는 그 자리에서 어떠한 변동도 일으키지 않은 채 자리를 지켰다.

쿠웅.

한 걸음 내딛는 순간 강렬한 충격파가 동굴을 울렸다.

두 눈에 푸른 안광을 뿜어낸 티엘이 중얼거렸다.

"보고 싶군. 누가 나를 감히 시험하려는 것인지."

그의 걸음이 동굴 깊숙한 곳으로 향했다.

광활하게 펼쳐진 동굴은 하나의 미로와 같았다.

곳곳에 구불구불한 길이 펼쳐져 있었고, 갖가지 함정이 티엘을 맞이했다.

안으로 들어가면 들어갈수록 마나의 농도는 그 강도를 더해갔다. 개의치 않고 걸음을 옮기던 티엘은 어느 순간 거대한 석문이 앞을 가로막는 걸 볼 수 있었다.

"호오."

입가를 비집고 흘러나오는 미약한 감탄.

그의 두 눈은 이채가 서린 채 석문에 고정되어 있었다.

척 보아도 견고하기 그지없었지만 티엘의 감탄을 이끌어 낸 것은 석문 앞에 보이지 않는 마나가 겹겹이 둘러싸여 있었기 때문이다.

"들어올 수 있다면 들어오라는 뜻인가?"

말려 올라가는 입꼬리.

감히 자신을 시험하려 하는 석문을 보면서 팔을 들었다.

어느새 그의 손에는 검이 쥐어져 있었다.

티엘이 가볍게 팔을 휘두르는 순간, 주변에 퍼져 있는 마나가 검에 빨려들면서 응집되기 시작했다.

우웅! 우우웅!

선명한 푸른 오러 블레이드가 생성되면서 검 끝에 뻗어 나왔다.

그것이 마나로 이루어진 방어막과 충돌하는 순간, 동굴 전체가 요동쳤다.

그그그긍!

"……."

자신의 참격을 견뎌내는 방어막을 보면서 티엘이 입꼬리를 말아 올렸다.

그 순간에도 불꽃 튀는 충돌이 일어나면서 힘의 우위를 겨루고 있었다.

퍼엉!

어느 순간 북 터지는 소리와 함께 견고한 방어막이 그대로 반으로 갈라졌다. 티엘의 검은 마치 두부를 써는 것처럼 푹 들어가 석문을 베었다.

쿠우웅!

둔중한 소리가 동굴을 울리면서 석문 사이로 빈 공간이 드러났다.

한 걸음 앞으로 내딛은 티엘이 본 것은 화려한 별세계였다.

"이건……."

웬만해서 동요하지 않는 그의 두 눈이 흔들릴 만큼 눈앞에 펼쳐진 광경은 충격적인 것이었다.

푸른 마나가 마치 별처럼 사방에 흩뿌려져 있어 두 눈을 어지럽게 현혹시키고 있었다. 거기에 그치지 않고 강렬한 기운이 폭풍처럼 휘몰아치면서 주변 기운을 요동치게 만들고 있었다.

자칫 잘못하면 마나 폭주가 일어날 만큼 위험한 마나 소용돌이였다.

티엘의 시선이 그 중심으로 향했다.

"책?"

언뜻 의아함이 서릴 정도로 익숙하지 않은 단어였다.

설마하니 이곳을 마나석 광산으로 만든 것이 한 권의 책일 줄이야.

앞으로 한 걸음 내딛으니 마치 물에 빠진 것처럼 전신이 강렬한 마나의 저항에 가로막혔다.

하지만 티엘은 그러한 방해가 아무렇지 않은 것처럼 앞으로 걸음을 내딛어 책이 있는 곳으로 향했다.

"흠!"

단상 위에 놓인 책은 어디에서나 볼 수 있는 평범한 고서적이었다.

파직! 파지직!

강렬한 스파크와 함께 주변 마나가 거세게 요동쳤다. 당장이라도 전신을 휩쓸어 버릴 것처럼 날을 세우자, 티엘의 미간이 일그러지기 시작했다.

콰콰! 콰콰콰!

전신의 기운이 운용되면서 동굴 전체가 뒤흔들렸다. 당장이라도 동굴을 무너뜨릴 것처럼 강렬한 기운을 발산하면서 단숨에 책의 기운을 제압했다.

푸스스.

동굴 전체를 가득 채우던 마나 활성화가 점점 흐릿해지기 시작하더니 이내 그 기운이 흔적도 없이 소멸하기 시작했다. 티엘은 책 안으로 은밀하게 스며드는 마나를 보면서 미간을 좁혔다.

"세상을 뒤흔들 물건이로군."

마나는 소멸된 것이 아니라 책 안으로 갈무리된 것에 지나지 않았다.

하지만 그 과정은 놀랍기 그지없었다.

마법에 대해 정확하게 모르지만 그 원리만큼은 알고 있다.

비현실을 현실로 만들어내는 것.

마법사들은 스스로를 그렇게 포장하지만 티엘이 생각하는 것은 다르다.

바로 마나의 성질을 인위적으로 뒤트는 것이 마법이다.

검사는 체내에 마나를 축적하여 검이라는 매개체로 성질을 바꾸지만 마법은 처음부터 마나 자체를 매개체로 삼고 있었다.

한 가지 분명한 것은 마법의 위력이 강할수록 동원되는 마나량도 많다는 점이다.

이곳 전체를 뒤덮을 정도의 마나를 발산할 양이라면 이루 헤아릴 수 없을 만큼 엄청난 양이다.

티엘조차 감히 꿈을 꾸지 못할 정도로.

그런데 그 정도로 많은 마나를 한순간에 지워 버린 책은 마법의 한계를 뛰어넘은 것과 같았다.

마법의 한계를 뛰어넘은 것은 더 이상 인간의 영역이 아니란 의미가 된다.

지금 이 시기에 돌아오기 전에 보지 못했던 책의 정체에 참을 수 없는 궁금증이 피어났다.

"대체 뭐기에."

첫 페이지를 넘긴 순간 들어온 것은 이러했다.

패배한 문명의 끈을 이을 자격이 있는 자만 보라.

순간 티엘의 얼굴에 의문이 서렸다. 책에 적혀 있는 내용은 긴 삶을 살아온 그도 들어본 적 없는 것이었다.

"패배한 문명이라고?"

중얼거리며 페이지에 손을 뻗는 순간 알 수 없는 위화감이 전신을 휘감았다.

마치 암살자가 은밀하게 기습을 하는 것처럼 팔을 타고 올라온 기세는 신체의 자유를 앗아가기 시작했다. 표정을 굳힌 티엘이 그 기운에 저항하려고 했지만 마치 접착제처럼 달라붙어 떨어지지 않았다.

꼼짝없이 꼭두각시 인형이 되어버릴 상황.

한시가 위급한 순간이었지만 티엘의 얼굴에 표정은 존재하지 않았다.

"이 세상 어느 것도 내 의지를 가로막을 수 없다."

그것은 그 누구도 거역할 수 없는 절대적인 선언이었다.

그와 동시에 티엘의 신체 내부에 변화가 일어나기 시작했다.

절대 떨어지지 않을 것 같던 기운이 말이 떨어지기 무섭게 경로를 이탈하기 시작한 것이다.

더 이상 다른 것을 말할 여력을 잃은 티엘은 다음 장을 펼쳐들었다.

의지로 마나를 지배하는 이여, 그대의 능력에 경의를 표하노라.

짤막한 인사와 같은 글을 시작으로 책의 내용이 본격적으로 시작되었다.

그것은 한 편의 역사 서적이었다.

대륙의 역사가 어디에서 시작되었는지, 얼마나 많은 문명이 그동안 꽃피우고 사라지길 반복했는지 서술하면서 인간의 위대함에 대해 쓰여 있었다.

모든 것은 '그날'부터 시작되었다. 최고조에 달한 마도시대의 운명은 끊임없는 실험을 낳았고, 그 결과 한 제국에서 이루어진 실험은 대륙을 비극으로 몰아넣었다.

그것은 가히 인간의 산물이라 할 수 없는 마도시대의 정화와 같은 것이었다.

차원 이동.

순간 이동, 공간 이동보다 상위에 속한 차원 이동은 발로 걸어 갈 수 없는 세계로 이동할 수 있는 공간 계열 최고의 마법이었다.

당시 마도 문명은 텔레포트 게이트에서 모든 곳을 갈 수 있는 곳이었다.

그 차원을 넘어서 인간의 욕망은 신족, 천족, 마족, 정령이 있는 새로운 세계로 가고자 한 것이다.

그리고 한 가지 가설에 멈춰 서게 되었는데, 바로 차원의 소환이었다.

하지만 차원 소환은 실패했다. 그들이 차원 소환을 위해 제시한 대가는 미약하기 그지없었고, 인간에게 주어진 권한을 뛰어넘으니 모든 차원에 균열이 가기 시작했다. 그것이 비극의 시작이었다.

가장 먼저 깨진 것은 마계와의 경계였다.

중간계와 마계는 어떠한 대가를 치르지 않으면 오는 것이 불가능할 만큼 두터운 차원의 경계에 놓여 있었다.

하지만 어리석은 인간의 실험은 그 제약을 완전히 없애놓았고, 호시탐탐 중간계에 강림할 기회를 노리던 마족들이 이 순간을 놓칠 리 없었다.

마계에서 모습을 드러낸 마족과 인간의 전쟁이 벌어졌다. 그들은 우리를 미개한 인간이라 칭했지만 마도 문명은 그들의 상상을 뛰어넘는 것이다. 무수히 많은 대마법사가 모습을 드러냈고, 검을 갈고 닦은 그랜드 마스터가 나타났다. 제아무리 강대한 마왕이라 하더라도 그들의 검을 버텨내는 것은 불가능한 일이었다.

마계와의 전쟁은 인간의 승리였다.

하지만 그 피해도 만만치 않은 것이었다.

그제야 인간들은 자신이 행하던 시험이 얼마나 위험한 것인지 깨닫게 되었다.

뒤늦게 후회를 하고 수정을 해보려 했지만 이미 차원의 벽은 허물어진 상황.

마계의 재침공을 대비하여 사라진 차원의 경계를 복구할 무렵, 중간계에 강림한 존재가 있었으니 바로 천족의 존재였다.

그들은 인간에게 호의적으로 다가왔다. 천족은 인간이 이룩한 마도 문명에 경의를 표했으며, 그들과 함께 우의를 다지고 마계를 경계하길 원했다.

책의 내용을 읽던 티엘의 표정이 기이하게 바뀌었다.

"…어디서 본 전개로군."

천족의 침공은 은밀하게 이루어졌다.

마도사들은 천족의 존재와 가까이 지내면서 그들이 지닌 완벽한 육체와 두뇌를 손에 넣고자 했다. 그보다 더 은밀하고 우위에 서 있던 것이 천족이었다.

결국 천족의 검은 속내를 파악했을 무렵에는 인간의 파벌이 크게 두 갈래로 나뉘어 치열한 전쟁을 벌이고 있을 때였다.

상처가 가라앉지 않은 중간계에 거대한 전쟁이 벌어졌다.

그 전쟁의 양상은 마계와 사뭇 달랐고, 인간과 인간이 서로의 목숨을 앗아가기 위한 치열한 전투의 연속이었다.

전쟁의 끝은 공멸이었지만 위대한 마도사들은 천족이 살고 있는 천계와 중간계를 영원히 격리시킬 방안을 찾아내기에 이르렀다.

고향으로 돌아갈 잃을 위기에 처한 천족은 인간들과 협상을 시도했고, 결국 양측 모두 큰 피해를 입은 채 물러날 수밖에 없었다.

…천족이 떠나간 중간계는 더 이상 찬란한 문명의 꽃을 피운 곳이 아니었다. 화마보다 더 무서운 마법이 휩쓸었으며, 비옥하던 대지는 더 이상 식량을 생산할 수 없을 정도로 피폐해져 있었다.

"……."

남의 이야기 같지 않았던 티엘의 눈은 빠른 속도로 책을 읽어나가고 있었다.

살아남은 마도사들은 자신의 능력을 발휘하여 마계와 천계의 경계를 높이기 시작했다. 그리고 더 많은 마나를 쏟아부어 예전과 비슷한 상태로 끌어올리는 데 성공했다. 하지만 심각한 문제가 발생했다. 그 과정에서 풍부한 중간계의 마나 상당 부분이 손실된 것이다.

마도사들이 세운 방어 마법진은 간단하다. 중간계 마나의 일부를 빼돌려 차원의 벽을 유지하고, 마족과 천족이 넘어올 수 없도록 하는 것이다. 그 과정이 어렵지만 뛰어난 대마도사들은 성공했다.

하지만 그들은 성공의 기쁨을 누릴 수 없었다. 그 과정에서 대륙의 마나는 소실되었고, 앞으로도 꾸준히 마나가 줄어들게 될 것이다. 이 것은 마도 문명의 퇴보를 일으킬 것이고, 인간이 이룩한 문화의 뒤처짐을 의미한다. 그러니 마도시대 영웅들의 뜻을 이어받을 만한 후손이 아니고서는 이 책을 보지 못하게 될 것이다. 처음 동굴을 들어섰을 때 느꼈던 마나가 당시의 마나 밀집도였다. 지금 그대가 느끼는 마나 밀집도가 어떤가? 모든 것은 우리의 오만이 만들어낸 참혹한 비극의 시작이었다.

"이 정도 마나가 본래였다니."

동굴의 마나 밀집도를 떠올리던 티엘은 허탈한 웃음을 흘렸다.

진득한 마나는 손에 잡힐 정도로 많은 양이었다.

대륙 전체가 이러했다면 약간의 수련만으로 더 많은 성취를 얻는 것은 당연한 일일 것이다.

차원의 경계를 만들었지만 우리는 언젠가 이것이 무너질 것을 알고 있다. 그것을 방지하고자 이것을 취하게 될 후손이 차원의 경계를 관리해 주었으면 한다.

세상에 공짜는 없는 법, 그 역할을 맡아주는 대가로 이 책을 주겠다.

이 책은 마도 문명의 정화 중 하나로, 주변의 환경을 일시적으로 우리 시대와 동일하게 만들어놓을 수 있는 것이다. 그대가 특별히 실수를 하지 않는 한, 우리의 힘으로 영원한 부와 명예를 쥐게 될 테니 우리가 너무 야박하다고 하지 말라!

책은 그렇게 끝을 맺고 있었다. 티엘의 시선은 여전히 책에 고정되어 있었다.

마나를 끌어 올려 조심스럽게 책에 주입하기 시작하니, 부르르 떨리면서 마나가 스멀스멀 흘러나오기 시작했다.

파파팟!

푸른 섬광과 동시에 조금 전 자욱했던 마나의 흐름이 일어났다.

숨이 턱턱 막힐 정도로 동굴 안을 가득 채우는 마나.

이 환경이라면 동일한 곳보다 세 배 이상의 효과를 거둘 수 있을 터였다.

"아주 좋은 물건이로군."

스스슷!

의지가 발현되기 무섭게 동굴 안을 가득 채우던 마나는 자취를 감추었다.

품속으로 책을 갈무리한 티엘은 마도시대 선조라 칭하던 인물이 경고하던 걸 머릿속으로 떠올렸다.

"그대들이 말한 것은 주의할 것이다. 마족이나 천족은 이미 지긋지긋하니까."

파앗.

그 중얼거림과 동시에 티엘의 신형이 자취를 감추었다.

조금 전까지 마나가 가득 차 있던 동굴은 여느 때와 다를 바 없이 평범한 형태를 간직하고 있었다.

광산 밖에는 아스트롱 공작과 제이론이 티엘이 나오길 기다리고 있었다.

"잘못된 건 아니겠지?"

"무슨 일이 있겠습니까?"

"갑자기 안으로 들어가 설명을 하지 못했지만 이 광산은 일반 마나석 광산과 다르게 마나 밀도가 현저하게 높지. 광부들도 깊이 들어가지 못한 채 채광 과정을 거쳐야 했지."

"…주군께서 위험할 수 있는 일을 지켜보고 계셨단 말씀이십니까?"

"미안하네. 로운 백작이 이렇게 거침없이 움직이는 인물일 줄 몰랐군."

"……."

곧바로 사과하는 아스트롱 공작의 태도에 제이론은 더 이상 문제삼을 수 없었다.

하지만 한 가지만큼은 분명했다.

안으로 들어간 티엘을 걱정하는 것만큼 쓸데없는 행동이 또 없다는 걸 말이다.

'주군이 잘못될 리가 없다.'

여태까지 지켜보았기에 쌓인 확고한 믿음이었다.

"자네는 걱정이 되지 않는가?"

"그야 걱정이 됩니다. 하지만 제가 지켜본 주군은 이런 위험도 어렵지 않게 이겨내는 인물이셨습니다. 믿고 기다려야겠지요."

"허허, 그렇군."

기이한 열기가 느껴지는 제이론의 말은 평소 논리 정연한 것과 확연하게 다른 것이었다.

말로 표현하기 힘든 확고한 믿음, 대륙의 정세를 두 눈으로 날카롭게 꿰뚫는 책사가 티엘에게 확고한 믿음을 가졌다고 하니 아스트롱 공작의 입장에서 여러 가지 생각이 머릿속을 교차하고 있었다.

그리고 그 믿음에 부응하듯 어느 순간 티엘의 신형이 제이론의 곁에 도달해 있었다.

"가도록 하지."

"주군."

"괜찮소?"

"괜찮습니다. 마나의 움직임이 제법 거칠기는 했습니다."

광산 내부의 상황을 정확하게 본 그의 말에 아스트롱 공작은 나직이 감탄사를 흘렸다.

"허허, 그렇군."

"가시지요. 드리고 싶은 말이 있습니다."

"그렇게 하시오."

광산을 벗어난 그들은 아스트롱 공작가의 저택으로 향했다.

저택에 도착한 아스트롱 공작은 티엘과 제이론을 응접실로 데려왔다. 자리에 앉은 그는 궁금한 것이 많은지 곧장 질문을 던졌다.

"광산에서 무슨 일이 있었는지 물어봐도 되겠소?"

"마나의 움직임이 제법 거셌습니다. 아마 정상적인 채광 과정을 거치기 힘들었을 것입니다."

"맞소, 처음에는 모두 기뻐했지만 이내 그림 속 보물에 불과하다는 것을 알게 되었지. 광산을 발견했지만 정작 취할 수 있는 양은 한정되어 있었소."

솔직히 티엘에게 넘기면서 크게 미련을 갖지 않은 이유 중 하나가 이것이었다.

이걸 넘기더라도 로운 백작가에서 역시 제대로 된 채광 과정을 거칠 수 없다는 확신이 있었던 것이다. 마스터조차 광산

안에서 거칠게 날뛰는 마나를 다스리기 급급한 것을 보고 내린 결정이었다.

"마나 과잉 현상이란 것입니다. 일반적인 장소에서 벌어질 수 없습니다."

"그럼?"

"인위적인 현상이란 뜻입니다."

"자세한 설명이 필요하오."

뜻밖의 상황 전개에 아스트롱 공작은 물론, 제이론의 얼굴에도 의아함이 서렸다.

"고대 유적이라고 칭하면 되겠습니까?"

"고, 고대 유적?"

"주군, 정말 고대 유적이었습니까?"

두 사람의 놀란 목소리는 당연한 현상이었다.

고대 유적은 먼 옛날 찬란한 문명을 쫓을 수 있는 단서 중 하나였다.

지금의 마법 체계로 쫓을 수 없는 그들의 찬란한 문명은 역사학자에게 있어 반드시 밝혀내야 할 시기 중 하나였다.

아스트롱 공작은 역사에 조예가 깊은 인물이었기에 티엘이 발견했을 고대 유적의 유물에 대한 관심을 드러냈다.

하지만 그 물건을 세상에 드러낼 생각이 없었던 그는 그 부분에 대해 언급하지 않았다.

"마나 과잉 현상이 일어나는 원인을 제거했으니 평범한 동굴에 지나지 않습니다. 지난 시간 형성된 마나석을 채광할 수 있을 것입니다."

"……."

"제게 궁금한 것이라도?"

"그, 고대 유적의 유물은 어떻게 한 것이오?"

"그곳은 고대 시대 일종의 수련관 같은 것이었습니다. 마나 과잉 현상이 일어나는 물건은 수명이 다했고, 평범한 마나석 광산이 된 것에 지나지 않습니다."

"그렇군……."

아스트롱 공작은 티엘이 진실을 말하고 있다는 느낌을 받지 않았지만 자신이 끼어들 여지가 없다는 걸 깨닫고 양 어깨를 늘어뜨렸다.

그 후 몇 마디 대화를 더 나눈 티엘이 거처로 돌아왔다.

그때까지 묵묵히 뒤를 따르던 제이론이 입을 열었다.

"주군, 광산 안에서 무슨 일이 있었는지 물어봐도 되겠습니까?"

"너도 내 설명을 믿지 못하나?"

"누가 들어도 납득하지 못할 설명이었습니다. 오늘의 대화로 주군께서 거짓말에 서툴다는 것을 알게 되었으니 그것도 수확이라 생각합니다."

"……."

"제게도 언급하기 힘든 것입니까?"

마도시대 마법사들의 과오는 굳이 다른 사람에게 전할 이유가 없는 비사였다.

티엘은 구전되는 과거의 실수보다 현재에 시선을 옮기고자 했다.

"현재 상황만 정확하게 바라보도록. 우리는 마나석 광산을 얻었다. 그곳에서 생산되는 마나는 제국의 판도를 바꿀 수 있는 보물이다."

"사용하기에 따라 굉장히 유용한 보물이 될 것입니다. 아주 큰 수확이라고 생각합니다."

"라이오너 후작도, 위클린 공작도 움직이게 될 것이다. 나는 수련할 일이 생겼으니 모든 작전권을 네게 맡기도록 하겠다."

그가 처음으로 수련한다는 말을 들은 제이론의 눈이 동그랗게 바뀌었다.

군사부에서 가장 이해가 되지 않는 현상 중 하나가, 수련이라고는 전혀 하지 않는 티엘이 어떻게 절대강자의 반열에 올라섰느냐였다.

'어디까지 강해지실지 모르겠군.'

그가 강해지는 것은 자신들에게 있어 더 많은 작전의 폭을 제시하지만, 적으로 상대하는 자들에게는 말할 수 없는 측은

함을 느꼈다.

속으로 그들을 동정하던 제이론이 고개를 숙이며 외쳤다.

"예, 주군."

위클린 공작의 제안을 받아들인 클레디오 백작은 삼천의 기병을 거느리고 서쪽으로 진군하기 시작했다. 약 보름여의 느긋한 이동 끝에 마주하게 된 것은 그를 청한 칼헤린 지방의 패자, 위클린 공작이었다.

그는 클레디오 백작을 조용히 바라보며 눈에 이채를 발했다.

제국 최강이라 불리는 그를 보는 것만으로 숨이 턱턱 막힐 정도의 위압감을 선사했다.

'과연 제국 최강이로군.'

들리는 소문뿐만 아니라 보이는 역량만 보면 누가 이 남자를 뛰어넘을 수 있을지 짐작이 가질 않았다. 그 또한 언젠가 제거할 인물이지만 지금은 위기를 타파해 줄 유용한 패 중 하나였다.

"허허, 반갑소, 내가 바로 위클린 공작이오."

"클레디오 백작이다."

"제국 최강의 영웅이 오래전부터 위명을 떨쳐 온 것을 촌구석에서 잘 듣고 있었지. 과연 그 기개에 걸맞은 모습이구려."

칭찬을 하는 위클린 공작의 태도는 비굴하지도, 오만하지도 않았다.

마치 있는 사실을 당연하게 언급하면서 띄워주는 화법은 그를 모시고 있는 카르딘 남작조차 어깨를 으쓱하게 만들 정도였다.

그의 명령으로 호화로운 술상이 차려졌다. 시끌벅적해야 할 자리였지만 클레디오 백작의 기세에 압도된 그들은 아무 말도 못한 채 술잔을 기울여야 했다.

오로지 위클린 공작만이 클레디오 백작을 보며 말을 할 뿐이었다.

묵묵히 침묵을 지키고 있던 그는 술잔을 단숨에 비워내며 물었다.

"내가 할 일은 로운 백작을 상대하는 것뿐인가?"

"그렇소. 기왕이면 로운 백작을 제거해 주는 편이 더 좋겠지."

"어리석군."

"……"

낮게 가라앉은 그의 어조에 술자리는 찬물을 뒤집어쓴 것처럼 냉각되었다. 위클린 공작의 가신들은 무례한 그의 발언에 눈살을 찌푸리며 클레디오 백작을 바라보고 있었다.

"뭐가 어리석다는 것인지 알 수 있겠소?"

"로운 백작을 언제든지 제거할 수 있다는 그 오만함이 어리석다는 것이다."

"좀 더 자세히 고견을 듣고 싶소."

잔에 술을 가득 따른 클레디오 백작은 입에 털어 넣으며 말했다.

"난 오래전부터 로운 백작이 벽을 깼다는 걸 알고 있었다. 그럼에도 세상 사람들은 눈에 보인 것만 보고 비웃는 것을 멈추지 않았다. 아주 어리석기 그지없는 녀석들이었다. 로운 백작은 절대강자라 불리는 족속 중에서 최강에 속한다. 하브리스 공작도 오래 버티지 못하겠지."

"으음, 하브리스 공작마저."

그전까지 여유를 가지고 있던 위클린 공작의 입에서 신음 비슷한 소리가 흘러나왔다.

지금은 제국 최강의 자리를 클레디오 백작에게 내주었지만 그의 존재감은 아직까지 결코 작은 것이 아니기 때문이다.

과거의 제국 최강인 하브리스 공작은 제국의 심장을 호위하는 마지막 저지선이었다.

압도적인 무위, 황제를 향한 충성심, 올곧은 기사도는 제국 기사 전체의 존경을 받고 있다고 해도 과언이 아니다.

그런 그를 로운 백작이 상대할 수 있다면 처음 생각한 계획을 전면 수정할 수밖에 없었다.

"그럼 백작은 어떻소?"

"과거의 나였다면 승부를 가리지 못했을 것이다. 하지만 지금은 다르다."

"다르다는 말은?"

"로운 백작의 가장 어리석은 선택 중 하나가 나를 그냥 보냈다는 것을 알게 될 것이다."

클레디오 백작은 술을 입가에 털어 넣고 손으로 남은 술을 훔치며 그렇게 말했다. 그것을 지켜보는 위클린 공작의 입가에 미소가 걸렸다.

제3장

그냥 돌격

티엘의 복귀와 함께 아스트롱 공작가는 전운에 휩싸이기 시작했다.

그러던 중 한 가지 소문이 아스트롱 공작가를 강타했는데, 그것은 사뭇 충격적이었다.

클레디오 백작이 클루스 지방에 왔다!

위클린 공작의 진영에 합류하여 언제든지 공격할 준비를 하고 있다는 사실이 널리 알려지자, 아스트롱 공작가는 한 차례 소란이 일어났다.

제국 최강이라는 위명은 결코 가볍지 않았다.

그것도 리그디스 공작의 사위임에도 반란을 일으켜 죽여 버린 독심은 두려움을 자아내기에 부족함이 없었다.

티엘의 합류로 치솟던 아스트롱 공작가의 병사 사기가 땅바닥을 향해 곤두박질쳤다.

"잔수작이군."

"하지만 효과적인 수법입니다. 역시 호락호락하지 않다는 느낌입니다."

"굳이 신경 쓸 이유는 없다. 우리는 우리의 길을 나아가면 되니. 준비는?"

"예정대로입니다."

"준비가 끝나는 대로 움직이도록 하지."

티엘은 아무렇지 않게 말을 했지만 제이론은 염려 섞인 어조로 말했다.

"하지만 위클린 공작이 움직일 경우 위험에 처할 수 있습니다."

"클레디오 백작을 염두에 두고 있나?"

"그렇습니다."

"움직이는 것은 위클린 공작뿐일 것이다. 그 위세를 빌려 올 수 있겠지만 그것뿐이겠지. 아스트롱 공작에게 이 사실을 전달하여 대비하게 하도록."

"알겠습니다."

그의 확언에도 불구하고 제이론은 불안한 마음이 가시지 않았다.

만약 위클린 공작이 클레디오 백작을 움직일 수 있다면 라이오너 후작을 공격하는 사이 아스트롱 공작가는 함락될 것임이 분명했기에 그렇다.

"주군께서 아시는 바가 있겠지. 내가 더 왈가왈부할 부분이 아니로군."

가볍게 고개를 저은 제이론이 걸음을 옮겼다.

명령이 떨어진 이상 그것을 수행해야 하는 것은 온전히 자신의 몫이었다.

티엘이 삼만의 군을 이끌고 라이오너 후작령으로 진군하려 한다는 소식이 전해졌다.

절대강자인 그가 군을 이끈다는 사실에 사색이 된 라이오너 후작은 곧장 클리멘트 자작을 불러들였다.

"이건 예상과 다르지 않나, 클리멘트 자작!"

"…제가 예전에 말씀드린 그대로입니다."

"그대로라?"

라이오너 후작은 흔들리지 않는 클리멘타 자작의 대답에

의아함을 드러냈다.

"로운 백작 입장에서는 주군과 위클린 공작을 동시에 상대해야 하는 상황이 버겁게 느껴진 것이 사실일 것입니다. 그러니 클레디오 백작이 있는 곳이 아닌 주군을 먼저 공격하여 후방의 안전을 도모하려 할 것입니다."

"그 말은 우리가 로운 백작을 직접 상대해야 한다는 뜻 아닌가?"

"그렇습니다."

"대답하는 걸 보니 방안도 있겠군?"

"예, 다만 클루스 지방의 점령지 모두를 포기해야 합니다."

"클루스 지방을? 지금까지 해온 노력의 산물을 포기하란 뜻은 뭐지?"

라이오너 후작의 입에서 흘러나오는 목소리는 절대 곱지 않았다.

수 년간 전쟁 끝에 점령한 곳이었다. 아스트롱 공작가의 마나석 광산도 탐이 났지만 북동쪽의 카본 대공과 동쪽에 윈스터 후작이라는 강력한 적을 맞이하게 된 라이오너 후작 입장에서는 다른 선택지가 없는 것이 사실이었다.

"지금 당장은 포기해야 할 것이 있습니다. 위클린 공작의 인내심이 바닥나 움직이기 시작하면 금세 되찾을 수 있을 것입니다."

"장담할 수 있나?"

"예."

유약한 클리멘트 자작의 입에서 확고한 의지가 깃든 목소리가 흘러나왔다.

잠시 그를 빤히 바라보던 라이오너 후작은 결정을 내린 듯 고개를 끄덕였다.

"포기하도록 하지. 모든 작전권을 위임하도록 할 테니 전투를 지휘하도록."

"감사합니다, 주군."

"방금 전에는 내가 말이 심했으니 잊어줬으면 좋겠군."

"아닙니다."

고개를 숙여 보인 클리멘트 자작이 방을 벗어났다. 그는 자신의 집무실로 걸음을 옮긴 뒤, 서류가 가득 쌓인 자리에 앉았다.

얼굴에 표정이 드러나지 않았지만 세상과 단절된 집무실에 드러난 순간 복잡한 심사가 고스란히 얼굴에 반영되어 묻어나왔다.

"쉽지 않군, 로운 백작가의 제이론이라고 했나?"

이미 물러났음에도 아랑곳하지 않고 삼만의 대군을 이끌고 진격한다는 소식에 자신의 의도가 백일하에 드러났다는 것을 알아차렸다.

상대는 절대강자를 보유하고 있다.

한 번 나서면 주변 전체를 피로 뒤덮는 인물이 바로 로운 백작이었다.

그가 카젤 국왕을 꺾고 절대강자의 반열에 올라섰다고 하지만 아직 실력에 대해서는 왈가왈부가 많았다.

"로운 백작의 힘이 상상 이상이라는 뜻이겠지. 이는 소문이 곧 허황되지 않음을 의미한다."

좀처럼 움직이지 않는 그가 직접 군을 이끈 이상 선택해야할 범위는 좁아졌다.

"날 이렇게 믿고 맡겨주는 것은 좋지만……."

클리멘트 자작의 입가에 쓴웃음이 걸렸다.

라이오너 후작은 자신의 능력을 알아주고, 믿음을 주고 있지만 세력이 확장되고, 주변에 힘을 떨치기 시작하면서 기이하게 변질되어 있었다.

모든 책임은 휘하 가신에게 미뤄져 있었고, 그것을 감수하도록 만들고 있었다.

당연히 가장 큰 책임을 가진 것은 클리멘트 자작이었다. 여태까지 단 한 번의 책략도 실패하지 않았기에 입지에 흔들림이 없었지만 오늘 이 작은 파문 하나만으로 보인 라이오너 후작의 태도는 위험했다.

"날 알아준 주군을 위해 죽는 것은 당연하지만 이런 것은 바라지 않았거늘⋯⋯."

위클린 공작가를 움직여 견제하는 방법도 있지만 헤수스 남작이라면 지금 당장 조용히 기다리는 것이 최선이란 걸 모르지 않을 터였다.

절대강자라는 강력한 패가 없는 이상 선택할 수 있는 것은 한정되어 있다.

"최선을 다하는 수밖에. 이것밖에 할 수 없는 내 처지가 한탄스럽군."

아스트롱 공작은 제이론의 말을 전해 들었음에도 불안한 표정을 감추지 못했다.

강력한 위클린 공작의 존재만으로 버거운 것이 현 시점이었다. 그런데 제국 최강이라 불리는 클레디오 백작이 함께하고 있으니 불안함이 클 수밖에 없었다.

"정말 그렇게 하면 되는가?"

"다시 말했지만 클레디오 백작은 오지 않을 것입니다."

"어떻게 확신하고 있는가."

"주군께서 그렇게 말씀하셨습니다. 클레디오 백작님과 여러 차례 마주친 적이 있는 만큼 그분의 성향을 파악하고 있는 듯합니다."

"으음."

눈앞의 강적을 두고 티엘이 떠나는 것이 마음에 들지 않는 아스트롱 공작이었다.

"한 가지만 대답해 보라."

"말씀하시길."

"지금 이것이 최선의 판단인가?"

"예."

한 치의 망설임 없이 대답하는 제이론의 모습에 아스트롱 공작은 결심을 굳혔다.

"알겠네. 최선을 다해 막도록 하지. 다만 지금 상황이 너무 불안하니 그 점을 알아주게."

"물론입니다. 주군이 직접 나서신 이상 라이오너 후작가도 오래 걸리지 않을 것입니다."

"허어, 라이오너 후작가의 기병은 제국 최강이오."

아스트롱 공작은 티엘이나 제이론이 라이오너 후작가의 기병을 얕보는 것 같아 한마디 보탰다.

그들의 압도적인 무력 앞에 이미 여러 차례 패배의 쓴잔을 들이켜야만 했다.

"주군의 무위는 상식을 불허합니다. 그것 하나면 충분하지 않습니까?"

"더 이상 말을 해봤자 무의미한 법. 자네의 능력을 믿으니 부탁하겠네."

"믿으십시오."

이미 계획은 진행되고 있었기에 제이론의 입가에 여유로운 미소가 걸렸다.

아스트롱 공작가에 도착한 마블론은 군을 통솔하면서 수련에 매진하기 시작했다.

알콜 대검호라 불리고 있지만 술독에 빠져 있으면서 검만큼은 수련을 게을리 하지 않았다.

비록 티엘에게 코가 꿰어 군에 종사하고 있지만 위를 향한 그의 도전 욕구는 그 어떤 검사에게 뒤처지지 않는 것이었다.

특히 자신의 주군인 티엘이 절대강자인 카젤 국왕을 꺾는 모습을 보면서 마블론은 가슴 깊숙한 곳에 들끓는 열기를 참을 수 없었다.

곧 전장이 될 곳이었지만 거처에 틀어박힌 그는 온종일 수련에 시간을 할애하고 있었다.

"마블론."

"예, 주군."

"곧 군을 움직일 것이다."

"분위기가 급박하게 흘러가는 것을 느끼고 있었습니다."

"……."

마블론의 대답에 티엘은 아무 대답도 하지 않은 채 그를 바라보았다.

분위기가 기이하게 바뀌는 것을 느낀 그는 의아한 표정을 지었다.

"무슨 이상이라도 있는지?"

"근래 들어 왜 더 높은 경지로 올라서지 못하는지 알고 있나?"

"……!"

그는 티엘이 자신에게 중요한 말을 해주려 함을 알고 있었다. 자세를 바로 고친 그는 이어질 말을 기다렸다.

"깨달음도, 육체도 아직 그 수준에 미치지 못했지만 가장 부족한 것은 흐트러진 마나 때문이다."

"…역시 그런 것입니까?"

"주독이 마나에 스며들었기 때문이지."

"하하."

결정적인 그의 말에 마블론은 쓴웃음을 흘릴 수밖에 없었다.

사랑하는 여인을 잃고 술에 빠져 지내던 것이 종래에는 자신의 발목을 붙잡았다는 사실이 마음을 무겁게 만들었다.

"이 이야기를 꺼낸 것은 고칠 방안이 있어서다."

"정말입니까?"

체내의 마나는 본인이 아니고서는 그 누구도 간섭할 수 없는 것이었다.

티엘의 말이 사형 선고처럼 들린 것은, 마스터의 칭호를 받은 그의 마나는 이미 의지를 가지고 있어 주독을 배출하는 것이 불가능에 가깝다는 걸 알고 있어서였다.

"한 가지는 알아야 한다. 이 방법은 네 한계를 실감하게 된다는 것을. 그것을 이겨낸다면 지금보다 정순한 마나를 얻게 될 것이고, 실패한다면 마나 폭주로 몇 달 이상 정양해야 할 내상을 입게 될 것이다."

"고작 몇 달의 내상이라면 값싼 대가라고 생각합니다. 하도록 하겠습니다."

"오늘 본 모든 것은 잊어버리도록."

굳은 표정을 지은 마블론이 고개를 끄덕이자, 돌연 방 안의 환경이 달라지기 시작했다.

우우웅!

격렬한 공명음과 함께 마나 밀도가 극도로 높아지기 시작한 것이다.

숨이 턱턱 막혀올 만큼 농밀한 마나. 단 한 번도 이런 현상을 경험하지 못한 그의 두 눈은 경악으로 크게 뜨여 있었다.

"이, 이건……."

"견뎌낼 수 있나?"

"…물론입니다."

대답을 하는 속도는 그리 빠르지 못했다. 농밀한 마나는 체내의 마나에 간섭하면서 마나 홀에 저장된 마나가 들끓는 느낌을 받았던 것이다.

"집중하도록. 내가 해줄 수 있는 것은 여기까지다. 천천히 마나를 연공하도록."

티엘의 말을 들은 마블론은 천천히, 굼뜬 것처럼 느껴질 정도로 느릿하게 몸을 움직이며 외부의 마나를 끌어들이기 시작했다.

농밀한 마나가 그의 인도에 따라 움직이면서 서서히 체내로 스며들기 시작했다. 수십 년의 수련으로 응축시킨 마나와 전혀 다른 새로운 성질의 마나가 내부로 파고들자 마나 로드가 들끓는 것이 느껴졌다.

마블론은 그 고통을 꾹 참으면서 마나를 움직이는 데 모든 신경을 쏟았다. 땀이 흘러내리면서 옷을 흠뻑 적시고 있었지만, 어느 순간 모든 것을 잊어버린 채 마나를 받아들이는 데 집중하고 있었다.

"나쁘지 않군."

그 광경을 지켜보던 티엘의 중얼거림이었다. 한창 깨달음을 얻은 마블론에게 있어 치명적인 한마디가 될 수 있었지만 말을 함에 있어 거침이 없었다.

"이 정도의 중얼거림에 깨우칠 깨달음이었으면 없는 게

낫겠지."

그것이 티엘의 생각이었다.

마블론의 움직임은 주독에 찌든 마나를 농밀한 마나로 바꾸는 과정이었지만 눈부신 재능은 어디로 가는 게 아니라는 듯 그 과정에서 깨달음을 얻었다.

그런다고 해도 당장 높은 경지로 올라서는 것이 아니다.

그는 오랫동안 육체와 마나, 정신의 조화가 어긋나 있었기에 당장 이 균형을 맞추는 데 모든 신경을 집중해야 할 터였다.

더 이상 문제가 일어나지 않는 것을 확인한 티엘은 자리에서 일어났다.

마나를 흡수하기에 여념이 없는 그를 지켜보다가 자신이 퍼뜨린 마나를 거두어들이며 밖으로 나갔다.

"아직 넘어야 할 산이 많다는 걸 깨닫게 될 거다."

하지만 마블론의 재능이라면 충분히 눈앞의 고난을 극복할 수 있을 거란 생각이 들었다.

그가 성장할수록 자신이 할 일은 줄어들게 될 것이다.

오늘의 호의는 귀찮음을 덜기 위한 사전 작업 그 이상 그 이하도 아니었다.

"내 귀찮음을 털어낼 수 있도록 열심히 해줬으면 좋겠군."

티엘이 이끄는 삼만의 군이 본격적으로 라이오너 후작령을 향해 출전했다.

빠른 속도로 북상하면서 제이론은 군을 세 갈래로 나누어 진격하게 했다.

그가 가장 먼저 신경을 쓴 것은 아스트롱 공작이 라이오너 후작에게 빼앗긴 영토를 수복하는 것이었다.

클루스 지방 북부는 넓은 곡창지대가 펼쳐져 있는 만큼 이곳의 통치권을 장기간 잃을 경우 식량 자급력이 부족해진 아스트롱 공작가 자멸할 가능성이 부쩍 높아진다.

"아마 클리멘트 자작은 이 점을 꿰뚫어 보고 무리하지 않았을 것입니다."

"귀찮은 수작을 부리는군."

"아주 대단한 인물입니다. 라이오너 후작 휘하에 들어선 뒤 여태까지 단 한 번도 책략이 실패한 적이 없다고 할 정도입니다."

"그건 너도 마찬가지 아닌가? 스스로의 얼굴에 금칠을 하는군."

"하하, 그만큼 대단하다는 뜻입니다. 하지만 저는 이번 전쟁이 어려울 것이라 생각하지 않습니다. 그 이유는 주군께서 계시기 때문입니다."

"날 얼마나 귀찮게 굴지 듣기도 싫군."

군사부의 책사들은 가장 든든한 존재이면서 동시에 귀찮았다.

티엘은 그들을 끌어들인 자신의 판단이 옳았다고 판단했지만 귀찮은 일이 더 많아짐으로써 그것을 어떻게 생각해야 할지 머릿속이 복잡해졌다.

제이론이 미소를 지으며 대답했다.

"주군의 존재가 있으니 적들이 저렇게 움츠러드는 것이기도 합니다."

"내가 필요하니 도움을 청한 것 정도는 알고 있다. 하지만 가급적 귀찮은 일을 피하고 싶어 하는 것 정도는 알고 있겠지?"

"그래서 군을 세 갈래로 나눈 것입니다. 잃은 영토를 최대한 빠른 시간 안에 수습한 뒤, 단숨에 라이오너 후작령으로 진군할 것입니다."

"걸리는 시일은?"

"짧으면 두 달, 길면 세 달입니다. 모든 작전이 수월하게 진행되면 한 달 안에 끝낼 수도 있습니다."

"최대한 빨리 끝내는 방향으로 가도록."

"하하, 알겠습니다."

마치 싫어하는 일을 하는 어린아이처럼 눈살을 찌푸리는 모습에 제이론은 유쾌한 웃음을 흘렸다.

그 모습을 지켜보던 티엘이 작은 목소리로 중얼거렸다.

"토릭슨과 오랫동안 어울리다 보니 닮아가는 것 같군. 주의를 줘야겠어."

티엘이 이끄는 삼만의 군대가 파죽지세로 북상하기 시작하자 라이오너 후작은 혼비백산하여 클리멘트 자작을 호출하였다.

그가 안으로 들어서기 무섭게 언성이 높아지면서 추궁하기 시작했다.

"클리멘트 자작! 이게 대체 어떻게 돌아가는 상황이란 말이냐!"

"적의 책사가 빈틈을 제대로 파고들었습니다."

"그에 대한 대책은?"

"세워두었습니다. 하지만 결정적으로 한 가지가 부족합니다."

"뭐지?"

"바로 절대강자의 유무입니다. 제 책략으로 로운 백작의 군을 막을 수 있지만 절대강자인 로운 백작을 막는 것은 불가능합니다."

"전에는 막을 수 있다고 하지 않았더냐!"

라이오너 후작의 음성이 집무실을 뒤흔들었다. 붉게 달아

오른 그의 얼굴이 지금 얼마나 분노하고 있는지 간접적으로 드러내고 있었다.

클리멘트 자작의 표정이 어두워졌다.

"위클린 공작가를 충동질하여 클레디오 백작을 움직이면 좋겠지만 헤수스 남작은 이 기회에 본가가 최대한 로운 백작을 붙잡아두길 원할 것입니다. 우리의 몰락을 원하는 만큼 움직이지 않을 확률이 높습니다."

"그럼 책략이 실패했다는 뜻이로군."

"…죄송합니다."

"실패에는 책임이 따른다. 내가 무슨 말을 하고 싶은지 알고 있나?"

"만약 주군께서 막대한 손해를 감수 혹은 치욕을 감내하실 수 있다면 두 가지 방안이 있습니다."

"말하도록."

"첫 번째는 만 골드의 금액을 위클린 공작에게 전하고 클레디오 백작을 움직여 달라는 것입니다. 만 골드 정도면 위클린 공작도 마음을 돌릴 수 있습니다."

"가문의 재정을 파탄 내려고 하는군. 두 번째는?"

코웃음 치는 라이오너 후작을 보면서 클리멘트 자작은 자신의 말이 더 이상 그에게 신뢰를 가져다주지 못한다는 것을 깨달았다.

가슴속 치밀어 오르는 배신감을 억누르며 말을 이어나갔다.

"두 번째는 위클린 공삭이 쉬이 믿지 않겠지만 아스트롱 공작가를 공격하지 않겠다고 포기하는 것입니다. 만약 이 제안을 받아들인다면 위클린 공작은 움직이게 될 것입니다. 주군께서는 훗날을 기약하며 재차 기회를 노릴 수 있지만 시간이 오래 걸리게 될 것입니다."

"위클린 공작이 믿을 리 없겠지. 두 가지 모두 허황된 방법이다."

"죄송합니다. 여기까지가 제 역량의 한계입니다."

"헛된 말로 날 현혹시켰으니 그 대가는 치러야겠지."

평소에 가신들을 아끼는 라이오너 후작이었지만 실패에 한해서는 엄격한 모습을 보였다.

기사를 호출한 그는 클리멘트 자작을 감옥에 가두도록 지시했다.

"내가 직접 나설 것이다. 이 기회에 절대강자의 소문이 얼마나 헛된 것인지 알리도록 하겠다."

끝내 아스트롱 공작가에 미련을 버리지 못한 그가 선택한 것은 다름 아닌 전면전이었다.

라이오너 후작이 직접 군을 이끌고 진군을 시작했다는 소식을 전해 들은 티엘이 제이론을 쳐다보며 말했다.

"계획과 다르군."

"이상합니다. 제가 클리멘트 자작이라면 전면전은 절대로 권하지 않았을 것입니다. 이 경우는 두 가지로 생각해 볼 수 있습니다. 한 가지는 우리의 허를 찌르는 책략을 준비하는 것이고 다른 하나는 클리멘트 자작이 실각했을 경우입니다."

"전자라면 저들이 뭘 할 수 있지?"

"위클린 공작가를 움직이는 것입니다. 하지만 사실상 힘들 것이니 크게 걱정할 것이 되지 못합니다. 제가 생각하기에는 클리멘트 자작의 실각일 것 같습니다."

"이유는?"

"라이오너 후작은 그 성향이 부하들을 신뢰하고 일을 맡기지 못합니다. 클리멘트 자작의 보좌는 훌륭했지만 작은 실수는 신뢰에 금이 갔을 것이고, 나아가 그의 실각을 불러일으켰을 것입니다."

"어느 것 하나 우리에게 나쁜 것이 없군."

한 번도 본 적이 없지만 클리멘트 자작의 존재는 티엘에게 적잖이 귀찮음을 안겨다주는 존재였다.

한시라도 빨리 라이오너 후작을 무너뜨릴 생각을 가진 그에게 두뇌 회전이 잘 돌아가는 인물의 존재는 귀찮음을 유발시켰다.

"그렇습니다, 하하."

제이론은 진행될 상황이 좀 더 수월하게 돌아갈 것을 느끼고는 유쾌한 웃음을 지었다.

라이오너 후작은 오만의 군을 이끌고 로운 백작의 군을 요격하기 위해 남진을 시작했다.

제국 최강이라 불리는 그들의 기병은 기세등등하게 클루스 지방과 전선 부근에 모습을 드러냈다.

"전력의 차이는?"

"숫자에서도, 기병 전력에서도 압도적인 우위입니다. 주군께서 명령하신다면 단숨에 적을 궤멸시키고 로운 백작의 목을 가져오겠습니다."

클리멘트 자작의 실각을 틈타 군권을 위임받은 아스펠 자작이 힘차게 외쳤다.

라이오너 후작 휘하 중 가장 강한 무위를 지닌 그는 마스터의 칭호를 부여받지 못했지만 그 수준에 도달했다고 알려진 기사였다.

검보다 긴 창을 기가 막히게 다루는 그의 마창술은 라이오너 후작이 제국 최강이라 일컫을 정도로 대단했다.

"자신 있나?"

"일대일 대결은 어떨지 모르나 말의 힘과 합쳐지면 절대

패하지 않을 자신이 있습니다."

"나도 자작을 믿는다. 일만의 기병을 내어줄 테니 로운 백작의 기를 꺾어놓도록."

"예."

오만의 군대 중 기병은 이만이었다. 전체 전력 중 절반을 내어준 격이기에 아스펠 자작은 필승을 다짐하며 예를 올렸다.

아스펠 자작이 전면에 나서면서 곧바로 공격할 준비를 하자, 보고가 전해졌다.

"적이 진군을 준비하고 있습니다. 그 숫자는 일만입니다."

"일만이라는군."

"마블론 경이라면 충분하리라 생각합니다."

"기병 전력에서 열세라고 하지 않았나?"

"마블론 경이라면 아스펠 자작을 꺾을 수 있으리라 생각합니다. 그분께서 적장을 베고 기선을 제압할 때, 주군이 직접 나서신다면 전의를 잃고 뿔뿔이 흩어질 것입니다."

"적의 기병이 강하다는 이야기는 하지 않는군."

티엘은 마블론의 역량도, 적의 기병 위력을 걱정하는 것도 아니었다. 제이론이 제국 최강이라 불리는 저들을 어떻게 상대할지 궁금해서였다.

"제국 최강의 기병이라 불릴 수 있었던 것도 군을 이끄는 장군이 강했기 때문입니다. 하지만 장군의 역량이 압도하는 순간, 저들은 조금 강한 마적 수준으로 전락할 것입니다."

"마적이라, 그럼 별 볼 일이 없겠지."

"그렇습니다, 주군. 지금은 지켜보시기만 하면 됩니다."

고개를 느릿하게 끄덕인 티엘은 전령에게 명령을 내렸다.

"마블론에게 전하도록. 적장의 목을 베고 내 기대를 충족시키라고. 그럼 만족할 만한 상이 주어질 것이라고 해라."

"명을 받듭니다."

고개를 깊게 숙인 전령이 마블론이 이끄는 선봉 부대로 향했다.

"상이라……."

티엘에게서 소식을 전해 들은 마블론이 중얼거리며 전방에 시선을 고정했다.

라이오너 후작가의 기병은 그 파괴력이 제국 최강이라는 소문을 누누이 들어봤다.

"아스펠 자작이라고 했나?"

마스터 칭호를 부여받지 못했음에도 그 무위가 마스터에 근접했다고 평가받는 루키의 존재를 모르지는 않았다.

제법 뛰어나다는 말을 들었지만 그것뿐, 마블론이 보고 있는 것은 다른 풍경이었다.

"다시 한 번 그 충족감을 맛볼 수 있다면 최선을 다하는 수밖에. 주군께서는 내가 이럴 것을 알고 계시겠지. 무서운 분이로군."

잠깐이지만 환희에 빠져들 수밖에 없었던 그 순간을 떠올리며 몸을 가늘게 떨었다.

티엘이 무슨 이유로 자신에게 가장 부족한 것이 체내의 마나라고 했는지 알게 된 순간.

농밀하고 순수함이 가득한 그 기운은 어떠한 명주보다 달콤하고 깊은 맛이 있어 그것에 취해 버린 마블론은 제정신을 차리는 데 한참의 시간을 들여야 했다.

상념에 빠져 있던 그를 현실로 끄집어낸 것은 적의 움직임을 예의 주시하던 아군의 외침이었다.

"적이 진군을 시작합니다!"

정신을 차린 그의 시선이 저 먼 전방으로 향했다.

일만의 기병이 질서정연하게 도열하여 조금씩 진군하기 시작하는 모습은 그 자체만으로 강렬한 위압감을 선사하였다.

하지만 지금의 자신에게 있어 저들은 사뿐히 지르밟아 줘야 할 대상에 지나지 않았다.

입가에 미소를 지은 마블론이 팔을 들어 군을 지휘하기 시작했다.

"우리도 진군을 시작한다. 목표는 제국 최강을 칭하는 라이오너 후작가 기병의 전멸이다. 모두 공격."

"공격! 공격하라!"

명령이 떨어지기 무섭게 사방에서 공격 명령이 울려 퍼졌다.

마블론도 말을 탄 채 이동하는 군과 보조를 맞춰 적과 마주해 나갔다.

첫 충돌에서 우위는 확연하게 드러났다.

오랫동안 국경을 지키면서 전투 경험을 쌓아나간 라이오너 후작가의 기병이 압도적인 힘을 발휘하며 몰아치기 시작한 것이다.

그동안 혹독한 훈련을 거쳤지만 말을 제 몸처럼 자유자재로 다루는 그들의 존재는 지옥에서 강림한 악귀처럼 두려운 것이었다.

그 전황이 조금씩 뒤집히기 시작한 것은 기사단이 투입되고 나서였다.

마블론이 지휘하는 오십여 명의 기사가 전방에 나서면서 기병을 도륙하기 시작하자, 일방적으로 흐르던 분위기가 뒤집히기 시작했다.

하지만 아스펠 자작의 대응도 빨랐다. 그도 기사를 투입하며 흘러가는 주도권을 단단하게 붙들어놓은 뒤 기사들을 지휘하던 마블론에게 시선을 고정했다.

알콜 대검호라 불리던 그의 얼굴은 여느 검사와 다를 바 없이 멀쩡해 보였다.

천재라 불리며 마스터 칭호를 부여받은 그를 보고 손에 쥔 창을 꽉 움켜쥐었다.

"단숨에 베어버리고 적의 선봉을 궤멸시킬 것이다."

다짐과도 같은 외침이 울려 퍼지면서 아스펠 자작이 말을 몰아 벼락처럼 쇄도했다.

마블론은 처음부터 자신에게 쏘아지는 적의를 감지하고 있었다.

순수한 투쟁심이 들끓는 그것은 오랜만에 겪는 뜨거움이었다.

"흠! 제법이군."

순식간에 거리를 좁혀 달려드는 아스펠 자작을 보며 마블론이 검을 들었다.

그러나 그가 예상한 것보다 아스펠 자작의 질주는 훨씬 빨랐다.

그 먼 거리를 단숨에 좁힌 그는 자신의 체중과 말의 체중을 한꺼번에 실은 뒤 오러 스피어를 생성하여 단숨에 휘둘렀다.

쩌어어어엉!

무시무시한 굉음이 울려 퍼졌다.

치열한 대결이 벌어지던 전황이 잠시 멈출 정도로 두 기사의 충돌은 엄청난 여파를 만들어냈다.

마블론의 안색은 한껏 일그러져 있었다. 아스펠 자작의 일격이 생각했던 것보다 훨씬 강력한 위력을 발휘했던 것이다. 그럼에도 낭패를 보지 않은 것은 전보다 훨씬 순수하고 응집된 마나가 충격을 사방으로 흩어주어서였다.

가볍게 목을 좌우로 흔든 마블론의 입에서 감탄 섞인 목소리가 흘러나왔다.

"나쁘지 않군."

"…고작 그 정도라고?"

단숨에 도약하여 십여 미터 떨어져 있던 아스펠 자작의 입에서 허탈함이 묻어나왔다.

방금 전 질주는 여태까지 모든 적을 단번에 부숴 버린 필살일격이었다.

그의 애마인 허리케인은 여러 혈통이 섞인 잡종이었지만 가장 우수한 요소들이 모인 명마 중 명마였다. 자신의 실력과 말의 무게, 강력한 오러를 바탕으로 단 한 번도 실패한 적이 없는 필살일격이 실패한 충격은 대단했다.

허리케인의 눈부신 질주에 타이밍을 빼앗긴 검사들은 자

신의 일격에 목숨을 내주고는 했다.

그런데 마블론은 그것을 견뎌낸 것이다.

"방금 전 그게 전부였다면 실망이로군."

입가에 미소를 지은 그는 검을 움켜쥐며 아스펠 자작에게 다가갔다.

"이대로 끝이라 생각하지 마라!"

고함과 함께 다시 한 번 질주가 시작되었다.

마블론은 개의치 않고 모든 신경을 집중하면서 창을 막아내기 시작했다.

좌앙! 챙챙!

푸른 오러가 뻗어나가면서 눈부신 충돌이 여러 차례 일어났다.

소문대로 아스펠 자작의 창술은 대단한 수준에 이르렀다. 하지만 마블론 또한 그에 걸맞은 검술 실력을 보유하고 있었다. 어렵지 않게 모조리 튕겨내면서 날카로운 반격을 가하니, 뒤로 물러서기 급급한 것은 아스펠 자작이었다.

카앙!

"크윽!"

"과연 마스터에 뒤지지 않는 실력이로군."

당장 마스터 칭호를 부여받아도 이상하지 않을 만큼 아스펠 자작의 실력은 뛰어났다.

그는 은연중 렉스터 남작과 아스펠 자작을 비교하고 있었는데, 실전이었다면 누가 우위일지 모를 만큼 팽팽함을 자랑했다.

하지만 어디까지나 두 사람이 대결했을 때였고, 자신은 그보다 더 강했다.

"이것도 막아낼 수 있나 모르겠군."

마블론의 검은 빠르고 강력하다.

가장 기본에 충실한 두 가지 요소를 모두 취하니, 변화와 부드러움은 자연스럽게 따라왔다.

강렬한 소용돌이가 치며 생성된 세 가닥 오러가 눈부신 속도로 쏘아졌다.

나선형으로 회전하며 위력을 배가시킨 오러의 위력이 감각을 타고 전해지자 아스펠 자작은 이를 꽉 깨물고 검을 쥔 손에 힘을 주었다.

퍽!

두 팔에 근육이 꿈틀거리면서 신력을 바탕으로 단숨에 베어버리려고 했지만 오러의 우위를 점하고 있는 것은 마블론이었다.

가까스로 방어해 내는 데 성공했지만 부서진 오러 파편은 사방으로 튀었다.

그중 하나가 마갑을 걸치고 있던 허리케인에게 적중했다.

히히히힝!

갑옷이 움푹 파이면서 구슬픈 울음소리가 터져 나왔다.

"허리케인!"

비명처럼 외친 그의 귓가로 마블론의 낮은 목소리가 파고
들었다.

"말이 없으면 힘을 발휘하지 못하더군."

그의 목표는 처음부터 아스펠 자작이 아닌 눈부신 질주 능
력을 지닌 허리케인이었다.

창과 말, 두 가지의 시너지 효과를 이끌어낸다면 하나를 없
앨 경우 효과는 눈에 띌 정도로 반감한다.

방금 전 공격을 펼친 것도, 아스펠 자작이 혼비백산한 것도
모두 계산에 들어가 있었다.

피슉!

푸른 오러가 허공을 가르면서 허리케인의 목을 베어버렸
다.

붉은 피를 뿜어내면서 그대로 무너져 내리는 애마.

"……"

아스펠 자작은 넋을 놓은 것처럼 목이 잘린 허리케인을 보
며 아무런 말도 하지 못했다.

순식간에 그에게 접근한 마블론은 그대로 그의 목을 베어
버리려고 했지만 애마의 죽음으로 분노한 아스펠 자작의 대

응이 더 빨랐다.

퍽!

"크으으으!"

무시무시한 통증이 손아귀를 타고 팔에 전해지면서 아스펠 자작의 입에서 억눌린 신음이 흘러나왔다.

두 눈을 부릅뜬 그를 보며 마블론은 입꼬리를 말아 올렸다.

"이제야 제대로 해볼 마음이 생겼나 보군."

달리는 말에서 뛰어내린 그는 검을 움켜쥐고 아스펠 자작에게 접근했다.

소문은 사실이었다.

아스펠 자작의 무위는 마스터에 비견되는 것이었고, 창술은 여느 검사에게 밀리지 않을 정도로 뛰어났다. 훨씬 긴 거리를 활용하여 적의 접근을 허락하지 않는 창술은 감탄을 자아내게 만들 정도였다.

하지만 그런 그도 마블론이라는 벽을 넘지 못했다.

허리케인을 잃고 질주 능력을 잃은 그가 신력을 바탕으로 펼쳐내는 창술은 대검호라 불린 마블론을 뛰어넘기에 역부족이었다.

창이 반으로 부러지고 심각한 내상을 입은 아스펠 자작은 자리에 주저앉았다.

대결을 지켜보고 있던 주변 공기는 낮게 가라앉아 있었다.

한 걸음 앞으로 나선 마블론의 검에서 푸른 오러가 흘러나왔다.

"마지막으로 하고 싶은 말은?"

"허리케인과 함께 전장에서 목숨을 마감하게 되어 다행이다. 마블린이여, 그대가 절대강자의 반열에 들어선다면 나는 저 세상에서 영광으로 알고 창술을 전진하겠다."

"그대는 뛰어난 기사였다."

그 말과 함께 마블론의 검이 움직였고, 심장이 꿰뚫린 아스펠 자작은 목숨을 잃었다.

"……."

와아아아아!

무심하게 피를 털어버리는 마블론을 보면서 로운 백작군이 함성을 질렀다.

전체적인 전력의 열세였지만 적장을 베어버리는 그의 신위는 사기를 한껏 끌어 올리기에 부족함이 없었다.

말에 올라선 그의 검에 푸른 오러 블레이드가 생성되며 적을 압박했다.

"방심하지 않고 적을 공격한다."

쏴아아!

선두에 선 그가 삼 미터에 달하는 오러 블레이드를 휘두르자, 십여 명의 기병이 그대로 반으로 잘려 나가 목숨을 잃었다.

용기백배한 선봉군이 그의 뒤를 따르며 닥치는 대로 적을 짓밟기 시작했다.

첫 충돌의 우위를 점한 것은 마블론이 이끄는 선봉 부대였다.

승전보는 마블론이 아스펠 자작을 베는 순간 티엘에게 전해졌다.

제이론이 들뜬 표정을 지으며 말했다.

"마블론 경이 적장의 목을 베었다고 합니다."

"제법 뛰어난 녀석이었나 보군. 이 정도로 버틴 것을 보니."

자리에서 일어난 그는 전방에서 벌어지는 상황을 주시했다.

마블론이 이끄는 선봉 부대는 한껏 기세가 올라 매섭게 공격을 퍼붓고 있었지만 제국 최강이라는 위명답게 일만의 기병은 쉽게 무너지지 않았다.

"바로 진격한다."

"이르지 않습니까?"

"마블론의 신위로 전황이 쉽게 뒤집히지 않으면 더 큰 충격을 선사하는 수밖에. 작지만 지금의 우위를 저버리지 않으려면 지금 공격한다."

"알겠습니다."

제이론도 지금 시기가 최적이라는 것을 모르지 않았기에 티엘의 의견에 동조했다.

그가 이끄는 이만의 군대가 움직이면서 충돌을 빚고 있는 선봉 부대를 향해 진격했다.

한편, 아스펠 자작의 죽음을 전해 들은 라이오너 후작은 불같이 분노를 토했다.

"아스펠 자작이 죽었다고?"

"적장 마블론의 검에 목숨을 잃었다고 합니다."

"이런 말도 안 되는!"

믿기지 않는 상황에 입에서 터져 나온 것은 욕설밖에 없었다.

최고의 전투마인 허리케인과 신력을 바탕으로 한 창술은 마상전투에서 무적 그 자체였다. 그라면 절대강자인 로운 백작은 어렵더라도 알콜 대검호라 불리는 마블론은 충분히 감당할 수 있으리라 생각했는데 예상이 빗나가 버린 것이다.

"전황은?"

"근소하게 밀리고 있는 상황입니다. 기본 전투력이 우위에 있어 버티고 있지만 그 상황도 오래 이어지지 않을 것입니다."

"당장 군을……."

막 지원 명령을 내리려던 그에게 뒤이어 도착한 전령의 보고가 도착했다.

"주군! 로운 백작이 움직였습니다."

"……."

곧바로 멈칫하는 라이오너 후작.

선봉장의 패배에 이어 티엘의 진격 소식은 머릿속을 복잡하게 만들기 충분했다.

"주군, 명령을!"

"로운 백작 혼자 참전했나?"

"아닙니다. 소수의 병력을 제외한 모든 병력을 이끌고 선봉군을 지원에 나섰습니다."

"크윽."

놀랍도록 빠른 결정이 아닐 수 없었다. 라이오너 후작은 자신이 선택할 수 있는 것이 한정되었다는 생각이 들자 이를 꽉 깨물었다.

지금 이곳에는 자신뿐만 아니라 휘하 가신들도 함께 있는 자리다.

그들은 아스펠 자작이 죽고, 절대강자인 티엘이 직접 움직인 시점에서 패배를 직감했을 것이다. 이대로 후퇴를 한다면 자신의 권위는 무너지게 될 것이고, 차라리 정면으로 맞선 것 만 못하게 된다.

결정을 내린 라이오너 후작이 휘하 가신들에게 외쳤다.

"물러서지 않을 것이다. 정면으로 맞선다! 로운 백작은 내가 상대할 것이다!"

"예, 주군!"

기본적으로 병력의 질과 숫자에서 우위였기에 고급 인력이 동원된 전투에서 밀릴 수 있지만 쉬이 흐름을 넘겨주지 않을 거란 것이 라이오너 후작의 계산이었다.

본영에 일부 병력을 남기고 남은 모든 병력을 이끌고 선봉군을 지원할 무렵, 일대 소란이 일어나면서 본영에서 보낸 전령이 도착했다.

"주군! 큰일 났습니다."

"무슨 일이냐?"

"기습! 후방에서 기습입니다! 규모는 무려 이만!"

"뭐라, 이만?"

전혀 예상치 못한 이만의 병력은 라이오너 후작을 혼비백산으로 몰아넣기에 충분했다.

그것을 아는지 모르는지 전령은 다급한 얼굴로 외쳤다.

"본영이 함락되었습니다. 주군! 명령을 내려주십시오!"

"……"

입을 다문 라이오너 후작이 날카로운 눈으로 전령을 바라보았다.

무언가 이상한 느낌을 받는 순간, 차가운 칼날이 그의 목을 베고 있었다.

푸하학!

붉은 피가 뿜어졌지만 라이오너 후작은 개의치 않고 전방을 주시했다.

앞에는 절대강자가 이끄는 삼만, 후방에는 정체를 알 수 없는 이만의 군이었다.

"죽음을 각오하고 진군한 것이다."

낮게 가라앉은 라이오너 후작의 외침이 평원에 울려 퍼졌다.

제4장
한 고개, 두 고개

전투는 티엘이 이끄는 군의 대승으로 끝났다. 라이오너 후작은 절반이 넘는 병력을 잃은 채 후퇴를 감행해야 했다. 티엘은 큰 피해를 입지 않은 채 이만에 달하는 포로를 사로잡고 승리의 축배를 들고 있었다.

하지만 그 승리는 온전히 로운 백작가의 것만은 아니었다.

군을 이끌고 도착한 라이오너 후작가의 본영에는 전혀 예상치 못하던 군이 자리하고 있었다.

"이렇게 뵙게 되어 영광입니다. 로운 백작 각하. 케빈 플루임 남작입니다."

바로 레디븐 백작가 소속의 케빈이 이만의 군을 이끌고 이곳에 도착했던 것이다.

티엘의 고개가 제이론에게 돌아갔다.

"자세한 설명이 필요하군, 제이론."

"클리멘트 자작의 계책 아래 움직이는 라이오너 후작가를 단기간에 무너뜨리는 것은 불가능하다는 생각에서 이번 계책을 시작하게 되었습니다."

제이론의 계책은 단순하면서 복잡하게 얽혀 있었다.

그는 제국 최강의 기병을 이끄는 라이오너 후작가의 저력을 얕보지 않았다.

티엘의 압도적인 무위를 앞세운다면 라이오너 후작가를 단숨에 무너뜨릴 수 있지만 그를 따르는 수만에 달하는 병력은 언제든지 후방의 우환으로 남을 가능성이 높았다.

그 순간, 그는 라이오너 후작가의 세력을 효율적으로 다룰 수 있으면서 믿음이 가는 상대를 물색하게 되었다.

그것이 바로 황도를 장악한 레디븐 백작가였다.

권력을 장악하기 바쁜 레디븐 백작은 중앙 정계 귀족들에게 둘러싸여 연일 치열한 정쟁을 벌이는 중이었다.

입지가 확고하지 않고, 모든 귀족들이 인정하고 있지 않아 난관에 봉착해 있던 그에게 제이론이 보낸 전령이 도착하게 되었다.

레디븐 백작은 라이오너 후작령을 장악할 수 있다는 말을 듣고 곧장 카이후를 불러 대책을 논의하게 했고, 은밀히 이만 의 병력을 동원하여 라이오너 후작령을 향해 진군하기 시작 했다.

"라이오너 후작가를 무너뜨린다고 해도 그곳을 다스릴 세 력이 전무한 상황이었습니다. 저는 이것에 레디븐 백작가가 가장 적합하다고 생각했습니다."

"나쁘지 않군. 윈스터 후작가를 염두에 둔 계책이야."

"그렇습니다."

티엘은 제이론이 어떤 그림을 그리고 있는지 눈치챌 수 있 었다.

현재 노르앙 후작령을 집어삼킨 윈스터 후작가는 일약 제 국 최강의 제후로 등극을 했다.

그가 다스리는 영토는 일찍이 어떤 공작령보다 넓은 곳이 었으며, 오랜 전투 경험을 쌓아 가히 한 왕국이라 칭해도 부 족함이 없을 만한 전력을 갖추게 되었다.

인근에 위치한 헤셀 백작가나 레디븐 백작이 감당하기 벅 찰 만큼 강해진 것이다.

그것을 조금이라도 만회하고자 레디븐 백작에게 힘을 실 어준 것이다.

라이오너 후작령을 점령하고 그들의 기병을 흡수한다면

윈스터 후작가를 견제하는 데 한결 수월해질 수 있다는 걸 알테니 일석이조였다.

윈스터 후작의 존재를 전혀 개의치 않는 티엘이었지만 자신의 평안을 위해서는 그를 견제하는 세력이 좀 더 성장해야 한다는 걸 느끼고 있었다.

제이론의 설명을 듣는 사이 레디븐 백작군 진영에서 모습을 드러낸 젊은 책사가 인사를 건넸다.

"제이안이라고 합니다. 로운 백작 각하를 이렇게 뵙게 되어 영광입니다."

"티엘 로운이다. 그 이름, 들어본 적 있군."

"영광입니다."

"영광일 것은 없다. 난 내 귀가 기억하고 있는 것을 언급했을 뿐이니까."

제이안이란 이름은 과거 레디븐 백작을 보좌하여 그를 왕으로 추대한 인물이었다. 제이론의 맞수로 치열한 전략 싸움을 벌였던 천재 책사였다.

"제이론 책사님의 말씀대로 라이오너 후작령은 본가에 있어 반드시 필요합니다. 정식으로 승인을 해주실 수 있는지 확답을 듣고 싶습니다."

"무슨 승인을 바라지?"

"저희 주군에게 정식으로 라이오너 후작령을 접수할 수 있는 권한입니다."

"내 관심은 라이오너 후작이 틀어박힌 본성의 점령이다. 후환을 없애는 데 초점을 맞춘 만큼 그 이후의 행동은 묵인하도록 하겠다."

제이안은 티엘이 무슨 말을 하려고 하는지 눈치챌 수 있었다.

그가 힘을 쓰는 것은 말 그대로 라이오너 후작령의 함락까지였다.

후환을 없앤 그는 더 이상 전투를 지속할 이유가 없고, 라이오너 후작령의 점령은 온전히 레디븐 백작가에게 맡기겠다는 말이었다.

무주공산이 된 라이오너 후작령을 점령하는 것은 절대 손해가 아니었다.

"그것만으로도 감사합니다."

"그 권리를 주장하기 위해서는 당연히 본성의 공격에 협조를 해야 한다. 대신 본성의 노획물을 전공에 따라 나눠주도록 하지."

"예."

순순히 납득하는 제이안의 행동에 총사령관을 맡은 케빈이 납득 가지 않는 표정을 지었지만 그의 손짓을 보고 불만을 꾹 억눌렀다.

그렇게 대화를 끝마친 뒤, 본진으로 돌아오기 무섭게 케빈이 제이안을 닦달했다.

"군사는 왜 로운 백작의 의견을 받아들인 것입니까? 그것은 일방적으로 우리가 손해를 보는 제안입니다."

"로운 백작의 도움이 필요한 것은 우리입니다. 아쉬운 우리가 먼저 제안을 할 수밖에 없는 상황이었습니다."

"그게 무슨 뜻입니까?"

"이번 작전은 로운 백작의 책사인 제이론이 단독으로 벌인 것입니다. 그에 관한 보고를 전혀 듣지 못한 로운 백작의 입장에서 모든 것을 백지화시켜도 이상하지 않을 내용이었습니다. 자칫 우리가 라이오너 후작령을 점령할 수 없는 상황이 만들어질 수 있어 따른 것입니다."

"정말 그럴 리가 있겠습니까."

"로운 백작의 관상을 보면 자신의 마음에 들지 않는 것은 절대 용하지 않는 성격이었습니다. 그를 거슬리게 하는 것은 클레디오 백작을 적으로 돌리는 것보다 더 큰 화를 불러들일 수 있다고 생각했습니다."

"……."

확신 어린 제이론의 말에 케빈이 할 수 있는 것은 입맛을 다시는 것뿐이었다.

황도에 들어서 마스터의 칭호를 부여받고 군을 이끄는 총사령관을 맡았지만 모든 상황을 조율하고 군이 나아갈 작전을 세우는 것은 제이안의 권한이었다.

"멋대로 결정을 내려서 죄송합니다. 하지만 제가 내린 결정이 가문을 위한 것임을 알아주시길."

"딱히 뭐라 타박하기 위해 그런 것은 아니었습니다."

은근히 자신이 나쁜 놈이 되는 분위기였기에 가볍게 고개를 저어 보인 케빈이 자리를 벗어났다.

예상치 못한 원군을 얻은 티엘은 레디븐 백작가의 군과 연합하여 라이오너 후작령을 향해 진군했다.

영지 중 상당수가 유목 부족인 라이오너 후작령의 성은 처음부터 견고하지 않았다.

티엘은 곧바로 공격을 개시했고, 케빈도 군을 동원하여 라이오너 후작령을 공격했다.

치열한 전투는 일주일여가 지나도록 계속되었다.

양측 진영의 피해가 눈덩이처럼 누적되면서 전쟁이 장기화되려고 할 무렵, 굳게 닫혀 있던 성문이 열리면서 항복 사절이 나왔다.

그가 내민 것은 다름 아닌 라이오너 후작의 목이었다.

제이안은 그것을 보며 자신이 세운 계책임을 고백했다.

"위기에 처한 순간, 사람은 배신을 해도 아무런 죄책감을 느끼지 못하게 됩니다."

"쓸 만하군."

"감사합니다. 약속은 지켜주시길."

"가장 큰 공을 세웠으니 라이오너 후작령은 레디븐 백작의 것이다. 나아가 노획물의 상당 부분을 전리품으로 인정하도록 하지."

군을 이끌고 안으로 진입한 티엘은 남문 일대만 장악한 뒤, 나머지는 레디븐 백작가의 군이 장악하도록 두었다.

그리고 그가 가장 먼저 한 것은 클리멘트 자작이 있는 감옥으로 향하는 것이었다.

그는 여느 때처럼 감옥에서 조용히 책을 읽고 있었다. 그러다 사람의 발걸음이 느껴지자, 그곳으로 시선을 옮긴 뒤 입을 열었다.

"이틀 전 감옥을 지키던 병사마저 모두 사라진 걸 보니, 당신이 로운 백작가의 제이론이 아니면 레디븐 백작가의 제이안인가?"

정확하게 모든 상황을 꿰뚫어 보는 안목에 제이론이 눈을 빛냈다. 그리고 한 걸음 앞으로 나서면서 자기소개를 하였다.

"처음 뵙겠습니다, 저는 제이론이라고 합니다."

"여기까지 오신 것을 보니 내 주군은 목숨을 잃으셨나 보군."

"제이안 책사님의 계책이었습니다. 그것까지 꿰뚫어 보실 줄 몰랐습니다."

"내가 그의 입장이었다면 실행했을 계책이었으니까."

"자작님의 계책은 상황을 정확하게 꿰뚫은 무서운 것이었습니다. 직접 상대하면서 제가 유리한 입장이 아니었으면 얼마나 고전했을지 상상조차 하기 힘들었습니다."

"주군의 신임을 잃어 감옥에 갇힌 내가 뭐가 대단하다고 하는지 모르겠군."

클리멘트 자작의 입가에 쓴웃음이 걸렸다.

상대가 자신의 재능을 높이 사니 기분이 좋았지만 주군에게 버림받은 비참한 신세를 떠올리면 모든 것이 무너져 내리는 기분이었다.

"그래서 제가 찾아온 것입니다. 자작님, 본가로 들어오실 생각은 없으십니까?"

"로운 백작가 말인가?"

"그렇습니다. 제 주군께서는 능력 있는 분을 우대하시고 믿고 일을 맡기십니다."

"내가 어떻게 결정을 내릴 것 같나?"

"라이오너 후작에 대한 충성심도 좋지만 좀 더 냉정하게 상황을 바라보는 눈도 필요하다고 생각됩니다."

"그 말이 나올 줄 알았지. 히지만 난 세간의 시선을 의식해서라도, 내 충성심이 변치 않는다는 것을 증명하기 위해서라도 항복을 하지 않을 생각이라네."

"설사 가족의 목숨을 잃는다 해도 말입니까?"

"…그렇다."

가족이라는 말에 잠시 두 눈이 흔들린 클리멘트 자작이었지만 그의 사오를 꺾지는 못했다.

찰나의 순간 흔들리는 것을 놓치지 않은 제이론이 좀 더 흔들 생각으로 입을 열려고 했지만 티엘의 제지로 말을 잇지 못했다.

"한 가지 물어보지."

"누구십니까?"

"알고 있으면서 되묻는 버릇은 좋지 않군."

와장창!

티엘이 가볍게 손을 휘젓자, 그를 가로막던 감옥이 부서졌다.

그 광경을 묵묵히 지켜보던 클리멘트 자작이 입을 열었다.

"로운 백작 각하시로군요."

"그렇다. 나는 제이론의 제안을 받아 널 본가로 데려갈 생각이다."

"제 대답은 조금 전과 같습니다. 백작 각하의 기대에 부응하지 못하는 저를 용서해 주시길."

"그렇게 말을 해도 결과는 같을 것이다. 나는 결과가 나오기 전 과정을 중요시 여긴다. 네가 거절을 하더라도 난 너와 식솔들을 데리고 헤인조 지방으로 갈 것이다. 난 승자고 넌 패자로서 내 전리품이 되기 때문이지."

"……."

"난 복잡한 것을 싫어한다. 쉬운 말도 복잡하게 만드는 것은 제이론의 전문이지 내가 할 일은 아니기 때문이지."

"하하……."

졸지에 지목을 당한 제이론의 입에서 어색한 웃음이 흘러나왔다.

티엘의 시선은 클리멘트 자작에게 고정되어 있었다.

"난 내 목표를 이루기 위해 유능한 인재들이 필요하다. 순간의 치욕조차 감내하지 못한다면 내 기대 이하로군."

"전 백작 각하의 기대에 부응하지 못했으니 죄송할 따름입니다."

클리멘트 자작의 태도는 완고했고, 절대 굽히지 않겠다는 기개가 가득했다.

이대로 티엘이 포기하는 듯하자 그는 적잖이 마음을 놓았다.

아니, 놓으려고 했다.

뒤에 이어진 말만 아니었다면.

"하지만 상관없다."

"예?"

"난 널 데려갈 생각이니까. 그 과정에서 네 의견은 중요하지 않다."

"아니, 방금 전까지 과정이 중요하다고 하시지 않았습니까?"

말의 앞뒤가 맞지 않는 태도에 클리멘트 자작은 어처구니없는 표정을 지었다.

그 광경을 지켜보고 있던 제이론은 치밀어 오르는 웃음을 참기 위해 얼굴을 붉혔다.

'크크! 당황하는군.'

자신도 이 수법에 당해 버리고 말았다.

티엘은 다른 사람의 기분을 개의치 않는다.

왜냐하면 그는 한 지방의 패자였고, 맹주였기 때문이다.

다른 사람의 기분에 좌지우지되었다면 오늘의 가문은 만들어지지 않았을 것이다.

"데려간 뒤 살 만한 집을 내어주지. 그리고 매일 사람을 보낼 것이다."

"그게 무슨 경우입니까."

"매일 사람을 두 번씩 보내서 종용할 것이다."

"아니……."

"아침, 점심, 저녁마다 사람을 보내도록 하지."

"그, 그래도……."

"아침, 점심, 저녁, 그리고 잠들기 전 사람을 보내겠다."

"……."

말이 통하지 않는 막무가내의 모습에 클리멘트 자작은 입을 닫았다.

자신이 말을 하면 할수록 궁지에 몰린다는 것을 본능적으로 간파한 것이다.

'큭큭!'

그 광경을 지켜본 제이론은 박장대소를 터뜨리고 싶을 뿐이었다.

머리가 좋은 그라면 티엘의 말에 반박할 내용이 수십 가지는 넘었을 것이지만 이토록 저돌적인 상대에게는 말을 할수록 손해인 것을 간파했을 것이다.

말을 하지 못하니 그의 뜻을 따를 수밖에 없을 것이고, 반박을 하자니 더 힘들어질 것이다.

긴 침묵이 장내를 지배했다.

칼자루를 쥔 것은 티엘이었고, 여유를 가진 것도 그였다.

아무 말도 하지 않은 채 조용히 대답을 기다리니 결국 참지 못한 클리멘트 자작이 입을 열었다.

"한 가지만 물어봐도 되겠습니까?"

"말하라."

"왜 제게 로운 백작을 위해 일할 것을 강요하시는 것입니까?"

그의 음성에는 짙은 원망이 담겨 있었다. 사람의 마음을 움직일 만한 화술이었지만 티엘은 전혀 개의치 않고 짤막하게 대답했다.

"내 목표를 위해서."

"백작 각하의 목표는 무엇인지요?"

그렇게 물어본 클리멘트 자작의 대답은 정해져 있었다.

현 시점에서 로운 백작가에 부족한 것은 아무것도 없었다.

가문 자체에 풍부한 식량과 자원을 갖추고 있으며, 막강한 병사가 자리했다. 그리고 마블론이나 렉스터 남작 같은 대검호도 포진해 있으니 가히 한 왕국을 칭한다고 해도 부족함이 없었다.

그곳에 자신이 낄 자리가 없다고 하면 생각은 달라질 터였다.

하지만 티엘의 대답은 그의 상상을 뛰어넘는 것이었다.

"일을 가신에게 모조리 떠맡기고 노는 것이다."

"…예?"

"최종 결정권자인 내가 놀면 가신들의 일에 과부하가 걸리더군. 아스트롱 공작령으로 떠나면서 느꼈다. 더 많은 가신,

더 많은 인재가 필요하다는 것을."

"……."

"널 특별 대우한다고 생각하면 곤란하다. 나는 라이오너 후작을 따르던 실무자 대부분을 헤인조 지방에 데려갈 것이다."

그것이 티엘의 계획이었고, 제이론은 흔쾌히 수락을 표했다.

실무자가 사라지면 라이오너 후작령을 점령한 레디븐 백작가에서는 좀 더 많은 여력을 쏟아야 했다.

티엘 본인도 편해지고, 레디븐 백작의 전력이 막강해지는 것을 막을 수 있는 절호의 방법이었다.

"하, 하하!"

하지만 이미 티엘을 알고 있는 제이론과 달리 클리멘트 자작이 느낀 것은 충격 그 자체였다.

귀찮음을 덜기 위해 자신을 데리고 가려고 하다니.

그것은 제국을 제패하기 위함이니, 뭐니 하면서 자신을 천거하던 라이오너 후작과 판이하게 달랐다.

자신을 알아주고, 함께 꿈을 향해 달려가자는 말에 혹했지만 라이오너 후작을 보좌하며 전장을 누빈 클리멘트 자작은 자신이 얼마나 단단히 착각하고 있었는지 깨닫게 되었다.

처음부터 라이오너 후작은 제국의 패자가 될 만한 그릇을 갖추지 못했다.

작은 전공을 가지고 부하들을 다루려고 했으며, 말의 앞뒤가 달라 언제나 가신들을 혼란스럽게 했다.

하지만 눈앞의 티엘은 달랐다.

라이오너 후작처럼 거창한 목표를 지닌 것도 아니고, 목표를 실천할 만한 역량을 지니지 못한 것도 아니었다.

잠시 봤지만 그가 본 티엘은 참 편하게 잘 먹고 잘 놀 수 있을 것 같은 인물이었다.

다만 그가 한 말의 이면을 엿봤을 뿐이었다.

스스로 자유로워지기 위해서는 더 많은 가신이 필요했고, 그들에게 판단을 내릴 수 있는 자율권을 내려주어야 했다.

이는 가신들의 판단을 신뢰한다는 이야기였고, 종래에는 의무에서 자유로운 권력에 서겠다는 뜻이었다.

"만약 제가 끝까지 거절하면 어떻게 하시겠습니까?"

"마음을 돌릴 때까지 사람을 보내야겠지. 본인뿐만 아니라 가족들도 시달린다면 언제까지 그 의지를 이어나갈 수 있을지 궁금하군."

"하, 하하! 백작 각하께서는 정말 대단한 분이십니다."

"대단할 건 없다. 단지 쓸모 있는 인재를 앞에 두고 자존심을 세우기에는 내 귀찮음이 너무나 크다."

"그것이 대단하시다는 것입니다. 하지만 백작 각하께서는 그것을 알고 계십니까? 한 가문의 주인인 이상 어떠한 이유에서도 책임에서 자유로울 수 없습니다."

"그건 내가 걱정할 부분이다. 그래서 대답은?"

자리에서 몸을 일으킨 클리멘트 자작이 비틀거렸다. 며칠 동안 식사를 하지 못하여 힘이 하나도 없는 상태였지만 지금은 신기하게도 온몸에 힘이 넘쳤다.

"절 이렇게 원하는 분은 일찍이 없었습니다. 앞으로 충성을 바치겠습니다, 주군."

"클리멘트란 성은 그대로 유지하겠다. 작위 수여 여부는 가문에 돌아가서 정하도록 하지. 그때까지 편의상 자작이라 부르겠다."

"감사합니다, 주군."

"그럼 가도록 하지."

목적을 이룬 티엘은 망설이지 않고 자리를 벗어났다. 제이론이 클리멘트 자작 곁에 다가가서 그를 부축하고는 작은 목소리로 속삭였다.

"옳은 결정을 하셨습니다. 만약 끝까지 거부하셨으면 고자가 되었을지도 모릅니다."

"허, 허허! 설마 그러시겠나."

"당할 뻔한 사람의 경험담이니 사실일 것입니다."

제이론의 말에 클리멘트 자작이 멈칫하다가 고개를 끄덕

였다.

"…그렇군. 앞으로 주군을 대하는 데 주의하도록 하지."

"……."

앞장서서 걷고 있던 티엘의 미간이 슬며시 좁혀진 것을 본 사람은 아무도 없었다.

라이오너 후작령을 점령하고 한숨을 돌리려던 티엘에게 도착한 것은 아스트롱 공작의 구원 요청이었다.

서신을 확인한 제이론은 눈살을 찌푸렸다.

"위클린 공작이 진군을 했다니."

예상했던 것보다 훨씬 빠른 행보였다.

편지는 클레디오 백작도 함께 진군하고 있다는 소식이었다. 당장이라도 성이 함락될 수도 있었기에 구원을 청하는 아스트롱 공작의 어조는 다급하기 그지없었다.

"헤수스 남작의 작품일 것입니다."

클리멘트 자작의 말에 티엘이 의아한 표정을 짓자 제이론이 말을 덧붙였다.

"위클린 공작가의 책사입니다."

"군을 움직인 게 뭐가 이상하다는 거지?"

"헤수스 남작은 상대의 빈틈을 간파하고 그것을 노리는 것을 잘합니다. 라이오너 후작을 주군으로 모실 당시 여러 차례 충돌을 했기에 잘 알고 있습니다."

"그럼 어떻게 진행되고 있다고 보지?"

"아마 클레디오 백작의 성격을 감안하면 직접적으로 공성전에 가담하지 않으리라 생각합니다. 하지만 그 존재감 하나만으로 전장의 판도는 충분히 바꿀 수 있습니다. 아스트롱 공작가의 위기는 사실입니다."

"흠."

티엘은 그리 마음에 들지 않는 표정이었다.

라이오너 후작령에 들어선 지 채 며칠이 되지 않았고, 아직 쓸어갈 만한 인재들이 있었다.

그들을 포섭하여 헤인조 지방으로 보내야 하는데 아스트롱 공작가에서 애걸복걸 매달리니 마음에 들지 않을 수밖에 없었다.

제이론이 티엘의 속내를 알아차리고는 조심스럽게 물었다.

"어떻게 할까요?"

"아스트롱 공작가가 함락될 거라 생각하나?"

"버텨내리라 생각합니다. 아니, 버텨내야만 합니다."

"어째서?"

"아스트롱 공작가는 클루스 지방의 패자입니다. 한 지방의 패자인 그들이 적의 공격에 이렇게 휘둘리는 모습을 보이고 패배한다면, 그 자격이 없다고 생각됩니다. 주군께서 뜻을 이루고 클루스 지방으로 돌아갈 것을 추천 드립니다."

"이 정도 위기도 이겨내지 못하면 그 정도밖에 되지 않는다는 의미겠지. 너의 조언을 받아들이겠다."

"감사합니다."

제이론이 고개를 깊게 숙였고, 티엘의 시선이 클리멘트 자작에게 향했다.

"쓸 만한 인재를 모조리 말하도록. 헤인조 지방으로 쓸어 갈 것이다."

"예, 주군."

그날, 라이오너 후작가의 인재는 씨가 말랐다고 한다.

"이 정도일 줄은 몰랐군."

라이오너 후작령의 함락 소식을 전해 들은 위클린 공작의 표정은 좋지 못했다.

헤수스 남작은 죄스러운 표정으로 어찌할 바를 모르며 고개를 깊이 숙였다.

"레디븐 백작가에서 직접 움직일 줄은 몰랐습니다. 그들이 윈스터 후작가의 남진을 막기 위해서는 라이오너 후작령의 힘이 필요하다는 것을 눈치챘어야 했는데, 죄송합니다."

"그대 책임이 아니란 것 정도는 알고 있다. 한정된 정보로

저편의 상황을 유추하는 것은 쉬운 일이 아니겠지. 그나저나 생각 이상으로 라이오너 후작가가 무너진 것이 문제다."

"뚜렷한 방안이 있는 것은 아닙니다. 할 수 있는 것이라면 단숨에 휘몰아쳐서 아스트롱 공작가를 무너뜨리는 것뿐입니다."

"고집을 부리지 않으면 좋겠거늘……."

눈살을 찌푸린 위클린 공작이 중얼거렸다.

헤수스 남작은 그것이 누구를 지칭하는지 알고 있었기에 어색한 표정을 지을 뿐이었다.

"상관없다, 힘을 빌렸다면 훗날 그걸 핑계로 무엇을 요구할지 모르는 일이니까. 우리 힘으로 아스트롱 공작가를 무너뜨린다."

"현명한 판단이십니다. 단, 한 가지는 유념해 주셔야 합니다. 너무 서두르는 모습을 보여서는 안 됩니다."

"무슨 의미지?"

"주군께서 급하게 움직이시면 저들은 여러 가지 생각을 하게 될 것입니다. 그중 하나가, 현 상황에서 클레디오 백작이 힘이 되어주지 않는다는 것을 간파당할 우려가 있습니다. 이는 적의 사기를 끌어 올려주는 결과를 낳습니다."

"그렇군. 그럼 진군 속도를 필요 이상으로 끌어 올리는 것도 좋지 않겠어."

"평소처럼 하시면 됩니다. 칼헤린 지방의 남자는 강합니다. 허약하고 평화에 도취된 클루스 지방은 어렵지 않게 점령할 수 있으니 믿어주십시오."

고개를 깊게 숙이며 간언하는 모습에 위클린 공작은 미소를 지었다. 그가 있음으로 인해 자신이 올바른 판단을 내리고 군을 운용할 수 있었다.

"좋다, 진군 속도를 늦추고 만반의 전력을 갖추는 데 모든 힘을 기울이도록."

티엘이 라이오너 후작령을 함락시켰다는 소식이 전해지자 아스트롱 공작가는 축제 분위기에 휩싸였다.

하지만 그 분위기는 오래 이어지지 못했다.

여태껏 침묵을 지키고 있던 위클린 공작가가 본격적으로 진군하기 시작함으로써 꿀맛 같았던 소강상태가 깨져 버린 것이다.

티엘이 복귀하기까지 상당한 시간이 걸릴 거라 생각한 아스트롱 공작은 수성에 만반의 준비를 갖추려고 했지만 오비에른의 갑작스러운 제안에 혼란을 느끼고 있었다.

"요격을 해야 합니다."

"무리다."

"하지만 적의 허를 찌르는 것입니다. 위클린 공작은 설마

하니 우리가 먼저 공격을 감행할 거라 생각지 못할 것입니다. 이는 적에게 치명적인 일격을 먹일 수 있는 기회이기도 합니다."

"음, 그래도 적진에는 클레디오 백작이 있다."

"그가 나설 확률은 적다고 하지 않았습니까? 특공대를 꾸려 적에게 타격을 가하고 물러나기면 하면 됩니다. 그럼 클레디오 백작과 충돌은 일어나지 않을 것입니다."

"……."

거듭되는 오비에른의 간청에 아스트롱 공작은 생각에 빠져들었다.

그의 말마따나 위클린 공작은 자신들이 먼저 공격할 것이라 생각지 못할 게 분명했다.

이는 자신들에게 단 한 번의 절호의 기회를 만들어준 것과 같았다.

"결정을 내려주십시오, 아버님."

"자신 있느냐?"

"물론입니다."

"좋다, 네게 병력을 내어주도록 하겠다. 하지만 조건이 있다. 불리하다 싶으면 바로 후퇴를 감행한다는 것이다. 그 약속을 하지 않으면 허락하지 않겠다."

"저도 제 목숨 소중한 것을 알고 있습니다. 최선을 다해 적에게 큰 타격을 입히도록 하겠습니다."

"믿으마."

오비에른의 말에 넘어간 아스트롱 공작은 백 명의 기사와 삼천의 병사를 내어주었다.

그들이라면 미처 예상치 못한 위클린 공작군에게 큰 타격을 줄 것이라 생각하며.

티엘이 원정에 나서서 라이오너 후작가를 멸망시킬 무렵, 헤인조 지방은 전운에서 한 발자국 물러난 채 차근차근 번영의 틀을 닦고 있었다.

가스론 자작이 이끄는 가신단은 농토를 분배하고, 상권을 안정시키며 해로와 수로를 이용한 교역에 중점을 두어 수익을 극대화하였다.

과거 게카스 백작이 이끌던 병사는 성공적으로 정착하여 농민이 되었으며, 유사시에는 가문의 힘이 되어줄 병사로 변신하게 틈틈이 훈련을 시키고 있었다.

헤인조 지방 남부도 착실히 발전하는 중이었다.

드루윙 백작의 수완으로 소수 민족과 사막 부족을 규합하여 거대한 동맹을 이끌어냈고, 유민들을 받아들임으로써 도시의 규모를 확장시켜 나갔다.

이는 헤인조 지방의 발전이 북쪽에 치우친 것이 아닌 남부로 어느 정도 기반이 옮겨오는 역할을 하였다.

그렇게 평화로운 나날이 지속될 때, 클루스 지방을 지나 셰어드 요새를 거치고 강을 건너 헤인조 지방에 티엘의 승전 소식이 전해졌다.

"라이오너 후작가가 멸망되었대."

"백작 각하와 적대했으니 당연한 결과지. 쯧쯧, 그러니 상대를 잘 골랐어야지."

"역시 백작 각하셔. 여태까지 단 한 번의 전쟁에서도 패배한 적이 없으시지."

"말을 하면 입만 아프지 않는가? 절대강자의 반열에 도달하셨는데 누구에게 패배한단 말인가?"

"하긴, 그 말도 틀린 건 아니로군."

여기저기서 티엘의 승리에 감탄을 하며 존경의 빛을 보냈다.

자신을 사랑하는 여인을 위해 원정에 나선 그의 이야기는 이미 헤인조 지방에서 진동을 하고 있었다.

크레티아 아스트롱.

제국사대미녀이자, 티엘이 좋다고 선언한 그녀는 더 이상 다른 곳으로 시집을 갈 수 없게 되었지만 일약 제국 로맨스계의 뜨거운 화제로 떠오르게 되었다.

로웰린은 자신 앞에서 차를 들고 있는 크레티아를 보며 부러운 표정을 지었다.

"나는 크레티아가 부러워."

"부럽긴요, 매일 이름이 오르내려서 얼마나 부끄러운데."

"그래도 그게 좋잖아. 덕분에 백작님은 크레티아와 사귀는 것으로 알려졌는걸."

이름이 언급되는 것은 부끄러웠지만 크레티아의 마음에 든 것은 그로 인해 다른 사람에게 공식 연인으로 취급받는다는 점이었다.

"그래 봤자 백작님이 그러지 않은 걸요."

"힘내, 그 부분은 나도 뭐라고 할 수가 없어."

"하아, 그런 무심한 남자에게 반한 제 잘못이에요. 그때 호기심을 드러내지만 않았으면 이런 일도 없었을 텐데."

"그게 더 안 좋지 않아?"

"그렇죠? 후후, 농담이에요."

"하여간 짓궂어."

두 여인은 미소를 지으면서 이런저런 이야기를 주고받았다.

주 이야기는 티엘에 관련된 밝은 이야기였지만 주변 분위기는 기이할 정도로 어두웠다.

크레티아는 돌연 어두운 표정을 지으며 한숨을 푹 내쉬었다.

"하아, 백작님은 괜찮으시겠죠?"

"다른 분도 아니고 백작님이셔. 괜찮을 게 당연하잖아."

"하지만 그 상대가 클레디오 백작이라면서요? 제국 최강이라 불리는 그 이름을 얼마나 오래전부터 들어왔는데요."

"제국 최강, 너무 두려운 이름이야."

리그디스 공작이 눈독을 들인 것 때문에 클레디오 백작을 몇 번 볼 기회가 있었던 로웰린은 가늘게 몸을 떨면서 고개를 저었다.

존재감 하나만으로 두려움을 자아내던 그는 누구도 넘을 수 없는 거대한 산이었다.

"괜찮으시겠죠. 누가 반한 남잔데. 그 정도도 되지 않으면 곤란해요."

"응, 나도 그렇게 믿고 있어."

"……"

애써 위안의 말을 꺼냈지만 마음속을 지배해 나가는 것은 불안감이었다.

자리에서 일어난 크레티아가 말했다.

"이대로 가만히 있으면 안 될 것 같아요. 어머니라도 뵙든가 뭐라도 해야 괜찮을 것 같아요. 저는 이만 일어나도록 할게요."

"나도 같이 뵐래. 아무리 해도 마음이 편해지지 않네."

"그럼 같이 가요."

티엘이 떠나고, 실비아가 그윈을 따라 남부로 떠난 뒤, 로운 백작가에 남은 두 사람은 비슷한 처지에 놓인 상대를 보고 동정심과 동시에 마음의 안정감을 느끼고 있었다.

클레디오 백작은 위클린 공작군에 합류하여 조용히 뒤를 따랐다. 진군하는 내내 그는 어떠한 존재감도 내비치지 않았고, 어떠한 간섭도 하지 않았다.

그가 무슨 생각을 하고 있는지 알아차린 위클린 공작도 그를 귀찮게 굴지 않았다.

그저 조용히 자신의 시간을 보내던 그를 찾은 것은 카르딘 남작이었다.

예를 취한 그는 곧장 용건을 꺼내 들었다.

"주군, 묻고 싶은 것이 있습니다."

"말하도록."

"무슨 이유로 위클린 공작의 제안에 응한 것인지 궁금합니다."

"이유라, 특별히 그것이 필요한 이유가 있나?"

"제가 보기에 주군께서 지나칠 정도로 로운 백작에게 집착하는 면이 있는 것 같습니다."

"그렇군, 그렇게 보일 수 있다는 걸 알고 있다."

다른 사람의 질문이었다면 대답은커녕 상종조차 하지 않았을 것이지만 카르딘 남작은 처음 세상에 모습을 드러낼 때부터 함께해 온 동료였다.

"그는 내 영원한 맞수다."

"…위클린 공작에게 한 말이 진심이셨던 것입니까?"

깜짝 놀란 카르딘 남작의 목소리가 자연히 높아졌다. 그것을 깨닫고 입을 닫았지만 두 눈에 서린 경악은 선명했다.

클레디오 백작은 느릿하게 고개를 끄덕였다.

"처음에는 착각이라고 생각했다. 하지만 한 번 손을 섞을 기회가 있었지. 그 자리에서 나는 느낄 수 있었다. 이 세상에서 나를 죽일 수 있는 인간이 있다면 오직 그뿐이라는 것을."

"……."

엄습하는 경악에 카르딘 남작은 전신에 소름이 돋는 것을 느꼈다.

그 정도였던가!

티엘 로운이라는 인물이.

제국이 아니라 이 세상 그 어느 누구도 클레디오 백작을 뛰어넘을 수 있으리라 생각하지 않았다.

제국 최강!

그것 하나만으로 클레디오 백작을 수식하는 단어는 충분하다고 생각하는가?

아니다. 그는 인간의 한계를 뛰어넘어 더 이상 인간이라 칭하기 힘든 완전체였다.

자신도 그렇지만 하멜 남작도 클레디오 백작을 존경하고 따랐다.

조금이라도 그를 닮기 위해서.

그의 위대한 검의 일보를 좇기 위해서 말이다.

"믿기 힘든가?"

"…그렇습니다."

"그럴지도. 나도 내가 누군가에게 패배할 수 있다는 생각을 처음으로 하게 되었으니까. 하지만 그 사실이 기분 나쁜 것은 아니다. 누군가를 반드시 꺾고 싶다는 투쟁심, 그것은 시들어가던 내 삶의 욕구를 불태워 주었다."

카르딘 남작은 보았다.

클레디오 백작의 두 눈이 투쟁심으로 불타오르는 것을.

늘 기계적으로 적을 베어버리던 그가 처음으로 '인간' 다운 모습을 하고 있었다.

한동안 둘 사이에 아무런 말도 오가지 않았다. 카르딘 남작은 그동안 자신이 알고 있었던 상식이 부서지는 것을 느꼈고, 티엘에 대해 다시 판단하느라 바빴다.

"적이군."

"예?"

"적이 다가왔다. 숫자는 삼천 정도. 기사는 백 명 정도 되는군."

"기습!"

깜짝 놀란 카르딘 남작은 바로 경계 태세를 갖추며 감각을 끌어 올렸다. 사방으로 확장되었지만 적의 기척은 어디에도 감지되지 않았다.

"가볼까."

"예? 하지만 로운 백작을 상대하는 것 외에는 움직이지 않으시기로."

"마음이 바뀌었다. 그를 상대하기 전에 어느 정도 몸을 풀어두는 것도 나쁘지 않을 것 같다."

"제가 보좌하겠습니다."

"지켜보도록. 오늘의 내 검은 네 진전에 큰 도움이 될 것이다."

이윽고 클레디오 백작의 몸이 흐릿해졌고, 카르딘 남작은 그가 향하는 곳으로 걸음을 옮겼다.

제5장
아스트롱 공작령 공방전

아스트롱 공작의 허락을 받아 백 명의 기사와 삼천 명의 병사를 동원한 오비에른은 은밀하고 신속하게 이동을 했다.

그의 예상대로 위클린 공작의 군대는 애초부터 아스트롱 공작가가 공격할 것을 염두에 두지 않은 듯 곳곳이 허술하여 손쉽게 위클린 공작군의 진영에 도달할 수 있었다.

점점 거리가 가까워질수록 가슴이 거세게 뛰었지만 최대한 억누르면서 자신을 따르는 기사와 병사를 다독였다.

"조금 더 전진하면 된다. 힘들겠지만 최대한 조용히 이동하도록."

"예."

나직한 대답과 함께 그의 명령은 빠른 속도로 전달되었다.

그 모습을 조용히 지켜보던 기사들의 수장, 스벤 자작이 속삭였다.

"작전은 성공인 것 같습니다, 공자님."

"아직 확실하지 않습니다. 최대한 신중을 기하되, 상황이 불리하게 돌아가면 망설이지 않고 후퇴해야 합니다."

"예, 무리하지 않도록 최대한 제어를 하겠습니다."

스벤 자작의 대답에 오비에른은 옅은 미소를 지어 보였다. 그러나 속으로는 긴장감과 적을 궤멸시키고 큰 피해를 입힐 수 있다는 생각에 환희로 물들고 있었다.

그렇게 별동대가 위클린 공작군의 진영 근처에 접근했을 무렵, 막 산중턱을 넘고 후방을 기습하려던 오비에른이 정지 명령을 내렸다.

신호를 받고 정지 명령을 내렸지만 그의 얼굴에는 의아함이 서려 있었다.

"왜 그럽니까?"

"앞에 적이 있습니다."

"적?"

잔뜩 굳어 있는 스벤 자작의 표정을 보면서 상황이 쉽지 않게 돌아가고 있음을 느낀 오비에른의 얼굴이 긴장감으로 물들었다.

기사단을 이끌고 조금 더 앞으로 전진하니 그곳에 스벤 자작이 언급한 적이 서 있는 것을 볼 수 있었다.

"둘?"

의아한 마음이 들다가 안도감을 느낀 것도 잠시, 기이한 위화감이 전신을 휘감기 시작했다.

"조심성이 많군. 이제야 오다니."

검을 든 그는 마치 지옥에서 온 기사처럼 거무튀튀한 갑옷을 걸치고 있었다.

마치 산책을 나온 것처럼 자유분방하기 그지없는 모습이었지만 오비에른은 숨이 턱턱 막혀오는 강렬한 존재감을 느낄 수 있었다.

이 정도 존재감을 지닌 남자는 결코 흔치 않다.

"…당신은 누구십니까?"

쥐어짜듯 힘겹게 물어보니 그의 입가에 미소가 번졌다. 섬뜩함에 절로 몸을 떨던 오비에른은 기이하게도 그의 말에 귀를 기울이게 되는 자신의 모습을 발견할 수 있었다.

"나는 클레디오다."

작지만 강렬함이 깃든 중얼거림이 별동대를 향해 퍼져 나가기 시작했다.

침묵은 오랫동안 이어지지 않았다.

상대의 정체를 파악하지 못하던 오비에른은 그가 다름 아닌 클레디오 백작이란 것에 혼비백산하여 외쳤다.

"크, 클레디오 백작?"

"클레디오 백작이라고?"

"제국 최강의 기사!"

소문은 마치 전염병처럼 빠르게 퍼져 나갔다.

백 명의 기사와 삼천 명의 병사.

정예로 분류를 받은 그들이지만 제국 최강이라는 그 단어는 독버섯처럼 마음속에서 피할 수 없는 독을 양산해 냈다.

조금씩 두려움이 번져가는 것을 느끼며 클레디오 백작의 입가에 미소가 번졌다.

"보기 좋은 광경이로군."

"다, 당신이 어떻게 이곳에?"

"조금 있으면 대결의 순간이 다가온다. 너희는 그것을 위한 사전 운동이라 생각하면 된다."

"……."

클레디오 백작의 말을 들은 오비에른은 침착하게 마음을 가다듬었다.

냉정을 찾고 주변을 둘러보니 한 가지 사실을 깨닫게 되었다.

현재 그의 주변에는 휘하 기사 한 명밖에 없었다.

그에 반해 자신은 백 명의 기사와 삼천 명의 병사를 거느리고 있다.

이 정도 숫자라면 충분히 제국 최강이라 불리는 기사를 사냥할 수 있을 것 같은 자신감이 샘솟았다.

"스벤 자작."

"예, 공자님."

"제국 최강의 기사를 상대할 수 있는 밤입니다. 오늘 이 자리에서 제국 최강을 상대합니다."

"…알겠습니다."

오랫동안 오비에른을 보좌해 온 만큼 그가 어떤 마음을 품고 있는지 알아차린 스벤 자작이 기사들에게 신호를 보내 포위대형을 구축하였다.

그 광경을 묵묵히 지켜보던 카르딘 남작의 표정에 불쾌감이 서렸다.

클레디오 백작의 힘을 믿지 못하는 어리석은 놈들은 늘 이러했다.

숫자의 우위를 믿고, 들려오는 소문을 믿지 않고 덤벼든다.

소문이 오히려 축소되어 그 무위를 제대로 표현하고 있지 못함에도 제 주제를 파악하지 못하는 멍청한 녀석들이었다.

"어리석은 것들."

"지켜봐라."

슈악.

나직한 한마디와 함께 클레디오 백작의 검이 움직였다.

가볍게 허공을 향해 휘두른 것처럼 별것 없는 검이었지만 그것은 이내 강렬한 해일을 동반하여 주변 일대를 휩쓸기 시작했다.

콰콰콰콰콰!

폭발적인 기세를 머금은 검격은 폭풍을 일으키며 기사들을 휩쓸었다.

처음에는 대수롭지 않게 생각하던 기사들의 두 눈이 커지더니 이내 비명이 터져 나왔다.

"끄, 끄아악!"

콰지직!

폭풍에 집어 삼켜진 기사들은 처참한 결과를 맞이한 채 목숨을 잃었다.

사지가 찢겨진 그들은 잘 다진 고기가 되어 수십 조각으로 나뉘었다.

순식간에 세 명의 기사가 검격에 목숨을 잃었다.

제국 최강의 기사를 잡을 자신감으로 팽배하던 분위기가 한순간에 가라앉았다.

클레디오 백작이 입가에 미소를 지었다.

"오랜만에 느끼는 피 냄새로군."

그와 함께 검을 들었다.

미세한 바람이 휘몰아치면서 폭풍의 씨앗이 사방에 뿌려지기 시작했다.

"이, 이건 말도 안 돼!"

전장을 바라보는 오비에른의 얼굴에 경악이 서려 있었다.

아니, 이것이 전장이라고 할 수 있단 말인가.

그것은 일방적인 살육의 향연이었다.

백 명의 기사, 삼천 명의 병사.

가문에서 고르고 고른 정예 전력이었음에도 그의 앞에서는 질 좋은 먹잇감에 지나지 않았다.

한 번의 검격에 수십 명이 찢어지면서 한 줌 고깃덩어리가 되어버린다.

인간의 목숨이 이렇게 허망하다는 것을 수십 차례 전투에서도 느껴보지 못했다.

그에게 있어 사람의 목숨은 단지 빼앗기 위해 존재한다는 느낌이 들 정도였다.

"후퇴하셔야 합니다, 공자님."

"대체, 대체 저게 뭐란 말입니까."

"제국 최강의 기사입니다! 저자는 더 이상 인간이라 보기 힘듭니다."

"으으, 으으으!"

허용치를 넘어선 정보에 뭘 어떻게 판단해야 할지 몰랐다.

산책을 나온 것처럼 한가롭게 검을 휘두르면 수십 명이 죽는 비정상적인 상황은 제정신으로 받아들일 수 있는 현상이 아니었다.

아무런 반응을 보이지 않은 채 경악 속에서 허우적거리는 오비에른을 바라보던 스벤 자작은 이를 꽉 깨물고는 휘하 기사들에게 외쳤다.

"모두 후퇴한다."

어떻게든 클레디오 백작에게 달려들려던 기사와 병사들이 기다린 것처럼 물러나기 시작했다.

하지만 사냥꾼은 그들이 아닌 클레디오 백작이었다. 검을 움켜쥔 그는 썰물처럼 빠지는 아스트롱 공작가 정예군을 향해 몸을 날렸다.

"이제 막 손맛을 보는데 보내줄 수 없다."

"어림없다, 클레디오 백작!"

고함과 함께 검을 날린 것은 스벤 자작이었다.

이들 중 가장 높은 실력을 지닌 자신이 아니고서는 그를 막을 인물이 없다는 결론을 내린 것이다.

스벤 자작은 클루스 지방에서 이름을 날린 검사였다. 번개

처럼 쇄도한 검이 클레디오 백작의 어깨를 강타하려는 순간,
둔탁한 폭음이 울려 퍼졌다.

카앙!

"윽, 이, 이건?"

보이지 않는 벽을 때린 것처럼 까마득한 견고함이 느껴졌
다. 그것뿐만 아니라 역으로 마나를 타고 들어와 미세한 내상
을 입은 스벤 자작의 몸이 거세게 뒤흔들렸다.

"오러로 만든 방어막이다, 기사여."

"오, 오러로?"

"오늘 죽을 기사에게 그 이상의 설명은 필요 없겠지."

"어림없다!"

외침과 함께 스벤 자작이 검을 들어 득달같이 달려들었다.
하지만 손에 쥐어져 있어야 할 검이 느껴지지 않았다.

문득 시선을 옮긴 그의 눈에 보인 것은 깨끗하게 절단되어
바닥을 뒹굴고 있는 자신의 손과 검이었다.

'이 말도 안 되는 현상은?'

경악이 꼬리에 꼬리를 물고 이어졌지만 생각의 끈은 오래
이어지지 못했다. 미세한 바람이 코끝을 간질이는 순간 전신
을 사정없이 난도질하여 한 줌 육편으로 만들어 버렸다.

푸하학!

사방에 퍼져 나가는 붉은 피.

클레디오 백작은 오러로 보호하면서 앞을 바라보았다.

"사냥을 시작한다. 지켜보도록."

"허억! 헉! 헉!"

오비에른은 하얗게 질린 얼굴로 도망치면서 끝없이 중얼거렸다.

"이, 인간이 아니다. 인간이 아니야."

위클린 공작군을 요격하기 위해 별동대를 이끌고 출전했다가 클레디오 백작과 마주한 것이 벌써 이틀 전이었다.

불과 이틀이었지만 오비에른에게 있어 여태까지 이 세상을 살아온 것보다 더 길게 느껴지는 순간이었다.

클레디오 백작.

제국 최강이라는 그가 이토록 무서운 인물인지 몰랐다. 오비에른은 자신이 얼마나 좁은 세상에서 살고 있었는지 무섭게 실감했다.

이틀 동안 그는 한숨도 잠을 이루지 못한 채 도망쳤다. 서서히 좁혀져야 할 거리였지만 클레디오 백작과의 거리는 조금도 벌리지 못했다.

숨을 돌릴 쯤이 되면 어김없이 나타나 검격을 뿌려대고 있었다.

푸하학!

"도망쳐! 도망쳐라!"

또다시 그의 검에 휩쓸린 세 명의 병사가 그대로 목숨을 잃었다.

오비에른은 목소리를 높여 후퇴를 하면서 아스트롱 공작가로 향했다.

'이 괴물을 어떻게 막는단 말이냐!'

몸도 마음도 피폐했지만 정신을 지배해 나가고 있는 것은 클레디오 백작에 대한 두려움이었다.

그는 마치 자신들을 가지고 노는 것처럼 서서히 궁지로 몰아넣으면서 사냥을 즐기고 있었다.

이것을 막기 위해서는 한시라도 빠르게 공작령으로 복귀하는 수밖에 없었다.

그의 두 눈이 빠르게 별동대의 규모를 집계했다.

삼천백 명이었던 숫자는 채 천 명도 되지 않았다. 그럼에도 아직까지 아스트롱 공작가로 향하는 길은 한참이나 남아 있었다.

'살아간다, 살아가서 이 치욕을 감수하고 그에 대해 전할 것이다.'

목숨에 대한 미련은 버렸다. 한 줌 육편이 되어 죽어가는 이들을 무수히 봤다. 지금 가슴속을 가득 채우고 있는 것은 절대 클레디오 백작에게 저항하지 못하게 하는 것이다.

가슴속에 의지를 되새긴 오비에른은 아스트롱 공작령으로 향했다.

옆에서 휘하 병사들이 죽어나감에도 그는 눈 하나 깜빡하지 않았다.

오비에른이 지켜본 상황은 정확했다.

처음부터 클레디오 백작의 의도는 살육의 감을 되찾고, 검을 날카롭게 벼리는 과정에 지나지 않았다. 느릿하게 이동하면서 조금씩 그를 극한의 공포에 몰아넣는 과정도 함께 진행하고 있었다.

"그런대로 괜찮군."

"굳이 그를 살려 보낸 까닭이 있습니까?"

"죽일 이유가 없지. 어리석은 장수를 살려 보내 적의 전력을 소모시키는 것은 예전부터 진행된 계획이 아니던가?"

"그렇긴 합니다."

며칠 동안 휘하의 병사가 죽는 것을 지켜본 오비에른은 극한의 공포에 내몰렸을 확률이 높았다.

그가 그것을 어떻게 극복할 수 있을지 사실 따위는 관심 없었지만 한편으로는 그 점까지 염두에 두고 있는 클레디오 백작이 대단하게 느껴지는 카르딘 남작이었다.

"얻은 게 있나?"

"아직 제가 무언가를 깨닫기에는 주군의 깨달음이 너무나 높습니다."

"그럴 수도 있겠군."

클레디오 백작은 이미 인간의 한계를 뛰어넘어 전무후무한 경지에 도달해 있었다.

본인이 발휘할 수 있는 힘의 한계가 어디까지인지 스스로 실감을 하지 못할 정도였다.

그렇기에 자신의 한계를 실감시켜 줄 수 있는 티엘의 존재에 집착하는 것이었다.

그와 함께 검을 맞댄다면 자신이 비로소 살아 있다는 느낌을 받는다.

티엘을 떠올린 그는 피가 뜨거워지는 것을 느끼며 검을 갈무리했다.

"흥은 이 정도로 충분하다. 돌아가도록 한다."

"예, 주군."

미련 없이 몸을 돌린 클레디오 백작의 뒤를 따른 카르딘 남작은 조금 전까지 보였던 참혹한 살육의 광경에 고개를 저었다.

"허허."

위클린 공작은 입가를 비집고 흘러나오는 실소를 참을 수 없었다.

하지만 방금 전해진 소식은 그로 하여금 이런 반응을 보일 수밖에 없도록 만들었다.

"단신으로 백 명의 기사와 삼천의 병사를 일방적으로 도륙했다고?"

"오비에른은 별동대를 조직하여 기습 공격을 감행할 예정이었다고 합니다. 하지만 돌연 클레디오 백작님이 모습을 드러냈고 홀로 전투를 벌였습니다. 그 자리에서 천 명이 넘는 사망자가 발생했습니다."

단신으로 천 명의 목숨을 거두다니.

오비에른이 인근까지 접근하여 공격을 하려고 했다는 소식은 위클린 공작은 물론, 헤수스 남작까지 예상치 못한 것이었다.

물론 공격을 받더라도 어렵지 않게 격퇴를 했을 테지만 한없이 치솟고 있는 사기에 영향이 끼쳤을 가능성을 배제할 수 없었다.

상황을 뒤바꿀 수 있는 작은 요소를 차단한 것이 클레디오 백작이었다.

"제국 최강이라는 명성은 들어봤지만 이 정도일 줄은……."

"일방적인 학살이었다고 합니다. 이는 누구도 클레디오 백작님을 건드릴 수 없다는 사실이 됩니다."

정신을 수습한 헤수스 남작은 고개를 절레절레 저었다.

삼천의 숫자가 아무런 압박이 되지 못했다면 일만도, 십만도 클레디오 백작에게는 마찬가지였다.

"반 리그디스 공작 연합군이 클레디오 백작의 무위 아래 허망하게 무너진 이유를 알겠군."

"그 힘이 주군을 보조하고 있다는 것은 큰 복입니다."

"언제든지 검을 돌릴 수 있다. 나는 클레디오 백작이 아군이라 생각하지 않는다."

"함께하는 동안만큼은 믿을 수 있는 동료입니다. 그를 이용하여 로운 백작을 제거할 수 있다면 주군께서는 클루스 지방뿐만 아니라 라이오너 후작령까지 넘보실 수 있게 됩니다."

"라이오너 후작령까지?"

거기까지 생각하지 않았던 위클린 공작의 얼굴에 놀라움이 서렸다.

헤수스 남작은 확신 어린 표정으로 말했다.

"제국 최강의 무위가 세상에 드러난 이상 로운 백작이 그를 꺾을 수 있을 거란 생각이 들지 않습니다. 이는 로운 백작의 패배가 결정되었다는 걸 의미하며, 승리를 확신하는 과정에서 좀 더 많은 것을 계획할 수 있는 여유를 얻게 되었습니다."

"억측이 심하군. 내 목표는 클루스 지방의 지배지, 라이오너 후작령까지 닿지 않았다."

"조금만 여력을 동원하면 되는 일입니다, 주군. 라이오너 후작령까지 점령한다면 제국의 남서부부터 북서부까지, 제국 서부 전체를 지배하게 됩니다. 이는 윈스터 후작의 세를 뛰어넘는 제국 제일의 제후가 되는 것을 의미합니다."

"……"

제국 제일의 제후라는 단어에 위클린 공작은 입을 굳게 다물었다.

이미 한 왕국에 버금가는 칼헤린 지방의 패자였지만 제국 변방이고, 남들의 인정을 받을 수 없다는 점이 마음에 들지 않았다.

하지만 아스트롱 공작가나 라이오너 후작가 모두 제국 내에서 알아주고, 그들을 꺾고 영토를 취할 수 있다면 누구도 무시할 수 없는 세를 얻게 될 터였다.

"그것은 일이 잘 풀릴 경우 진행하도록 한다. 지금은 아스트롱 공작가를 무너뜨리는 데 모든 신경을 집중할 것이다."

"예, 주군. 저들을 무너뜨리는 데 제 모든 전력을 집중하겠습니다."

다소 들뜬 그의 외침에 위클린 공작의 얼굴에는 옅은 미소가 번져갔다.

오비에른이 피투성이가 되어 모습을 드러내자 아스트롱 공작가는 난리가 났다.

소식을 듣기 무섭게 성문 앞으로 나온 아스트롱 공작은 제정신을 유지하지 못하고 있는 아들을 보면서 경악성을 터뜨렸다.

"오비에른! 오비에른!'

"아버님, 그는 인간이 아닙니다. 인간이 아닙니다."

"주군, 공자님은 정신에 심각한 타격을 입으신 듯합니다."

"정신에?'

"참혹한 패배입니다. 비단 공자님뿐만 아니라 다른 이들 모두 그렇습니다."

그 말에 주변을 둘러볼 여유가 생긴 아스트롱 공작의 입에서 탄식이 흘러나왔다. 간신히 성으로 돌아온 별동대의 얼굴은 오비에른과 크게 다르지 않았다.

"허어, 어찌 이런 일이."

하늘이 무너져 내리는 기분이었다.

삼천이 넘는 숫자를 동원했지만 돌아온 것은 채 오백 명도 되지 않았다.

그들이 얼마나 참혹한 패배를 겪었는지 직접 듣지 못했음에도 짧은 시간 경험한 절망과 무력감이 전염병처럼 퍼져 나갔다.

"수습하도록. 이 일은 불문에 붙일 것이다."

이를 꽉 깨문 아스트롱 공작은 오비에른을 데리고 갈 것을 지시했다.

최대한 감추려고 했지만 별동대의 패배가 알려지는 것은 순식간이었다.

삼천이 넘는 숫자가 성을 나섰다가 단 한 사람에게 패배했다는 것은 충격으로 다가왔다.

제국 최강 클레디오 백작!

사람을 수십 조각의 육편으로 만드는 압도적인 검격 아래 삼천이 넘는 별동대는 무력했다.

그의 악마 같은 무위가 전해지면서 아스트롱 공작가 전체가 침울한 분위기로 젖어들기 시작했다.

단 한 번의 공성전도 벌어지지 않았지만 벌써부터 패배한 분위기가 성 전체를 지배하자 그들의 진정한 의도를 알아차린 아스트롱 공작이 허탈한 웃음을 흘렸다.

"이래서 살려 보냈던 것인가? 허, 허허! 누구의 생각이든 간에 정말 대단하구나."

무섭도록 치밀한 계획이 아닐 수 없었다.

삼천의 별동대를 굳이 전멸시키지 않은 것은 다음 공성전까지 염두에 둔 계책이었다.

"오비에른은?"

"푹 주무셨지만 정신적인 충격은 여전히 떨쳐내지 못하고 있습니다."

특별히 초청하여 모신 신관의 부정적인 말에 아스트롱 공작의 얼굴에 주름이 잡혔다.

"얼마나 걸리겠나?"

"그 기간은 장담할 수 없습니다. 빠르면 내일이라도 털어낼 수 있겠지만 최악의 경우 평생 안고 갈 수 있습니다."

"그렇군, 수고했네."

"힘이 되어드리지 못해 죄송합니다."

"아니네."

고개를 숙이는 신관을 물린 아스트롱 공작은 고심에 빠져들었다.

"혼자서 그만한 위력을 발휘하다니, 걱정이 되는군."

남은 것은 위클린 공작군의 거센 공격을 어떻게 버텨내느냐가 아니다.

그보다 더 시급한 것.

그것은 클레디오 백작의 압도적인 무위를 과연 티엘이 상대할 수 있느냐였다.

아스트롱 공작의 고심은 깊어가고 있었다.

어느덧 위클린 공작이 이끄는 오만의 군대는 아스트롱 공작령 앞에 도달했다.

그때가 되어서야 클레디오 백작을 보게 된 위클린 공작은 감사의 인사를 건넸다.

"별동대를 공략해 준 것에 감사하오."

"준비 운동 과정이었을 뿐이다."

"준비 운동?"

"로운 백작을 잡기 위한 준비일 뿐. 오랜만에 피 맛을 보고 싶었다."

"허어."

클레디오 백작의 압도적인 무위에 감탄했지만 그 이유에 대해서는 모르고 있었던 위클린 공작이었다. 그런데 별동대를 학살한 이유가 티엘을 상대하기 위함이었다는 것을 깨닫고는 적잖이 놀란 표정을 지었다.

"오늘 공성전에도 도움을 주지."

"도움이라 함은?"

기대감 어린 위클린 공작의 얼굴이 클레디오 백작에게 향했다. 욕망으로 얼룩진 그 모습은 과거에 보았던 리그디스 공작과 다를 바가 없었지만 그는 태연히 대답했다.

"성벽을 무너뜨려 주겠다."

"성벽을?"

"도움은 단 한 번뿐."

"그것만으로도 큰 도움이오, 허허! 아무래도 우리에게 승기가 기우는 듯하는군."

성벽이 무너진다면 일제 공격을 감행하여 단숨에 성을 점령할 수도 있었다.

아스트롱 공작가의 성은 난공불락의 요새로 알려질 만큼 공략하기 어려운 곳이었다. 함락시킬 자신이 있었지만 상당한 시간이 걸릴 것으로 염려했던 위클린 공작은 클레디오 백작의 도움으로 모든 고민을 털어낼 수 있을 듯싶었다.

"부탁드리겠소."

"걱정하지 마라. 내가 원하는 것은 내 상대가 좀 더 일찍 도착하길 원하는 것뿐."

그 말을 끝으로 클레디오 백작은 밖으로 나갔다.

조용히 상황을 지켜보던 헤수스 남작이 속삭였다.

"어떻든 간에 이익입니다. 축하드립니다, 주군."

"클레디오 백작이 이렇게 적극적으로 도울 줄 몰랐다. 하늘은 나에게 손을 들어주는군."

위클린 공작이 하얗게 웃었다.

공성전을 앞에 두고 양측 진영에 숨 막히는 긴장감이 자리했다.

성을 지키는 아스트롱 공작가의 병사들은 잔뜩 전의를 다지면서 전방의 위클린 공작군을 주시했다.

오래전부터 호시탐탐 이곳을 노려온 침략군인 그들은 반드시 물리쳐야 할 주적에 지나지 않았다.

이곳이 무너진다면 자신들은 모두 죽고 가족들은 노예가 될 것이다.

요 며칠 동안 단단하게 정신을 무장한 그들은 위클린 공작군을 사납게 노려보면서 무기를 들었다.

그러던 중 위클린 공작군 진영에서 한 사람이 걸어 나오는 것을 보고 소란이 일어났다.

"어, 저건 뭐야?"

"누가 나온다!"

거센 외침이 터져 나옴과 동시에 경계 단계가 높아졌다. 몇몇 흥분한 병사가 활시위를 당기자, 지휘관이 황급히 제지에 나섰다.

"활을 쏘지 마라! 적은 단 한 명이다!"

모든 보급품이 넉넉지 않은 상황이었기에 단 한 명의 적에게 화살을 쏠 수 없었다.

그들은 터벅터벅 걸어오는 인영이 무슨 의도로 다가오는지 이해하지 못했다.

조금씩 걸어오더니 이내 화살 범위 안에 들어섰지만 명령을 받은 병사들은 아무런 행동도 하지 않은 채 조용히 지켜볼 뿐이었다.

그러던 중 검을 뽑아 들고, 푸른 기운이 휘몰아치자, 소란이 가중되었다.

성을 지키던 몇몇 사람이 성을 향해 다가온 사람의 정체를 눈치챈 것이다.

"클레디오 백작이다! 클레디오 백작!"

"제국의 악마다! 악마야!"

별동대에 속했던 그들은 압도적인 클레디오 백작의 힘을 겪으면서 며칠 동안 악몽에 시달릴 정도로 지독한 정신적인 상처를 입고 말았다.

홀로 삼천의 병력을 앞에 두고 여유롭게 도륙하던 그의 무위!

그것은 두 번 다시 겪고 싶지 않은 참혹한 상흔이었다.

성을 향해 접근한 이가 클레디오 백작이라는 것이 전해지자 마치 독버섯처럼 성 전체에 두려움이 번져 나가기 시작했다.

급격하게 사기가 꺾이는 것을 느낀 지휘관은 더 이상 지체하지 않고 외쳤다.

"화살을 쏴라!"

"화살을 쏴!"

피비비빙!

수백 발의 화살이 허공을 가득 메우며 쏟아지기 시작했다. 그 순간 클레디오 백작의 주변에 푸른 막이 생겨나더니 그것을 튕겨내기 시작했다.

툭. 투둑. 투두둑.

힘을 싣고 쏘아졌지만 화살은 방어막을 꿰뚫지 못했다. 그 순간 클레디오 백작을 중심으로 폭발적인 기세가 사방으로 뻗어나갔다.

콰콰콰콰!

그것은 그의 손에 들린 검 한 자루에 응집되기 시작했다. 그리고 검에 푸른 기운이 뻗어나가기 시작하더니, 이내 선명한 오러 블레이드를 생성했다.

거침없이 쏟아지는 화살비를 받아내며 클레디오 백작이 전방을 바라보았다.

외적의 침공을 절대 허용할 수 없는 요새가 두 눈에 들어왔다. 대마법 방어진의 흔적이 선명하게 느껴지는 두터운 성벽을 향해 검을 휘둘렀다.

슈아악.

대기를 가르며 쏘아진 오러가 단숨에 거리를 좁혀 들어가며 성벽을 겨냥했다.

빠르지도, 느리지도 않은 힘은 점점 크기를 키워 나가더니 성벽을 강타했다.

그그그극!

요란한 폭음이 울려 퍼지면서 성벽이 떨리기 시작했다. 견고한 대마법 방어진이 새겨진 성벽에 실금처럼 균열이 일어나기 시작하더니, 이내 그 파괴력을 이겨내지 못하고 무너져 내리기 시작했다.

"모두 피해! 피해라!"

"후퇴하라!"

상황이 이상하게 돌아가고 있음을 느낀 지휘관이 곳곳에서 외쳤다.

하지만 그 순간에 성벽은 무너져 내리기 시작했다.

꽈르릉! 꽈과광!

삼십 미터에 달하는 거대한 성벽이 허망하게 무너졌다. 자욱한 먼지가 일어나면서 순간 시야를 가렸고, 잠시 후 먼지가 걷히면서 드러난 광경은 모두의 말을 잊게 만들기 충분했다.

"나쁘지 않군."

자신이 만들어놓은 광경을 바라보며 클레디오 백작이 입가에 미소를 지었다.

절대 무너지지 않을 것 같은 성벽이 무너졌다.

일부에 지나지 않았지만 안의 광경이 적나라하게 드러나

는 것은 아스트롱 공작가 병사들의 사기를 곤두박질치게 만들기 충분했다.

그 순간, 상황을 지켜보던 헤수스 남작이 총공격 명령을 내렸다.

"공격하라! 공격하라!"

둥! 둥! 둥!

와아아아아!

용기백배한 위클린 공작군이 일제히 진격하기 시작했다.

"…힘들군."

아스트롱 공작은 피로 얼룩진 갑옷을 닦을 겨를도 없이 전방을 주시했다. 한 차례 전투가 벌어지면서 적아를 가리지 않고 수천 구에 달하는 시체가 해자 위를 둥둥 떠다니고 있었다.

눈살을 찌푸린 그는 옆에 서 있는 부관에게 물었다.

"며칠이 지났나?"

"사흘입니다, 영주님."

"얼마나 더 버틸 수 있을 것 같지?"

"쉽지가 않습니다. 당장 오늘 함락되어도 이상하지 않은 상황입니다."

"그렇군, 허허."

전투가 치열하게 전개됨에 따라 아스트롱 공작가의 운명은 바람 앞의 등불처럼 위태로운 형국에 놓이게 되었다.

첫날 전투에서 가까스로 외침을 막아낸 아스트롱 공작은 영지 내 모든 젊은 청년을 징발하여 병사로 무장시키기 시작했다.

오만에 달하는 위클린 공작군은 끈질기게 공성전을 펼치면서 성벽을 넘으려고 했다.

부랴부랴 무너진 성벽을 임시로 막아놓았지만 전투가 이어질 때마다 부서지면서 점점 면적이 커져가고 있는 실정이었다.

위클린 공작군은 무너진 성벽뿐만 아니라 상대적으로 낮은 남문을 공략했으며, 아스트롱 공작이 군을 정비할 틈도 없이 연일 몰아쳤다.

현재 성내에 주둔하고 있는 병력은 이만.

수성에 충분한 숫자였고 여러 차례 위클린 공작군의 공세를 막아냈지만 마치 패배를 한 것처럼 분위기는 축 늘어져 있었다.

그 이유는 단 하나.

언제 합류할지 모르는 클레디오 백작의 존재감 때문이었다.

홀로 걸어 나와 검을 휘두른 것만으로 성벽을 무너뜨린 제국 최강의 검사.

공포를 만들어내는 그의 존재는 아스트롱 공작군 마음 깊숙한 곳에 두려움을 새겨 넣었다.

물러서면 가족들이 목숨을 잃을 수 있기에 이를 꽉 물고 방어를 하고 있었지만 상황은 점점 최악을 향해 달려가고 있었다.

'이대로는 어렵군.'

티엘의 합류를 재촉하는 사신을 보냈지만 라이오너 후작령에서 언제 복귀할 수 있을지 장담할 수 없는 것이 현 상황이었다.

생각에 잠겨 있는 그의 귀로 부관의 다급한 목소리가 들려왔다.

"적이 공격 준비를 합니다."

"이제는 저녁에도 공격하는가."

병사들의 피로가 배가 될 것임이 뻔했다. 이대로라면 위클린 공작군의 공격에 무너지는 것이 아니라 자칫 내부에서 무너질 수도 있었다.

와아아아아!

마치 낮을 방불케 할 정도로 수많은 횃불이 적의 숫자가 보통이 아님을 알게 해주었다.

이를 꽉 깨문 아스트롱 공작이 병사들을 향해 외쳤다.

"마음을 단단히 잡아라! 우리가 무너지면 자식들은 노예가 되고 여자들은 성노리개로 전락할 것이다. 절대 무너지면 안 된다!"

전투는 치열하게 전개되었다.

그날 위클린 공작군의 공격은 막아냈지만 아스트롱 공작군의 사기는 땅바닥을 기기 시작했다.

체력은 방전되었고, 더 이상 전의는 느껴지지 않았다.

곧바로 무너져도 이상하지 않은 상황이었지만 단 하나, 가족들이 절대 적들의 노예로 전락하지 못하게 만들겠다는 일념으로 버텨냈다.

두 눈 가득 독기가 자리했지만 체력적으로 받쳐주지 못했다.

"이대로는 한계다."

아스트롱 공작은 한숨을 푹 내쉬었다. 이제는 포기하고 싶을 정도로 상황은 절망적이었다.

희망을 가지고 의욕으로 임하려고 해도 그도 몸도 마음도 지쳤다. 상황은 결코 낙관적이지 않았다.

"영주님, 위클린 공작군이 공격을 해옵니다."

"……."

부관의 보고에 아스트롱 공작은 성벽 아래 새까맣게 몰려드는 위클린 공작군을 바라보았다.

철저하게 부대를 나누어 성벽을 공략하는 그들은 여전히 건재했다.

"부관."

"예, 영주님."

"가솔들과 가신단, 영지 내 어린이와 노약자들을 데리고 성을 탈출하게."

"하, 하지만……."

"지금은 그 수밖에 없어. 마지막 기운을 이끌어내기 위해 서는."

"알겠습니다."

부관은 하고 싶은 말이 많은 얼굴이었지만 단호한 아스트 롱 공작의 표정에 고개를 숙인 뒤 자리를 벗어났다.

성벽 위에 선 아스트롱 공작은 빠르지도 느리지도 않게 진 군하는 위클린 공작군을 보며 이를 지그시 깨물었다. 조금씩 숨통을 옥죄는 모습은 마지막 발악을 할 자신들을 비웃는 것 처럼 느껴졌다.

몇 차례 숨을 몰아쉰 아스트롱 공작이 외쳤다.

"모두 들으라!"

"……."

병사들의 고개가 돌아갈 뿐, 연이은 전투에 지칠 대로 지쳐 반응은 수동적이었다. 아스트롱 공작은 이를 꽉 깨문 채 억눌린 음성으로 외쳤다.

"지금부터 우리는 이 성과 운명을 함께할 것이다. 이것은 나 또한 마찬가지다. 우리의 사랑하는 식구들이 성을 벗어날 때까지 버티자! 그대들의 목숨이 가족을 살릴 수 있는 마지막 길이 될 것이다."

'나를 용서하라.'

그것은 힘이 빠진 병사들의 있는 힘을 모조리 쥐어짜는 마지막 수단이었다.

아니나 다를까, 병사들의 두 눈에 서서리 독기가 서리기 시작했다.

"최대한 많은 적을 죽일 것이다. 모두 젖 먹던 힘까지 쥐어짜라!"

와아아아아!

아스트롱 공작의 의도는 성공적이었다. 자신은 죽더라도 가족만은 무사해야 한다는 바람이 바닥까지 곤두박질쳤던 사기를 끌어 올리는 기폭제가 되었다.

전투는 치열하게 전개되었다.

가족들이 도망칠 시간을 벌기 위해 아스트롱 공작군은 필사적으로 전투에 임했고, 휘하 기사들도 몸을 아끼지 않고 덤

벼들면서 위클린 공작군은 고전을 하게 되었다.

"오래 버티는군."

공성전을 지켜보던 위클린 공작의 눈살이 찌푸려졌다.

클레디오 백작의 도움을 받고 시작된 전투에서 사흘 안에 성을 함락시킬 수 있으리라 생각했지만 아스트롱 공작군은 생각보다 집요하게 버텼다.

"아스트롱 공작이 마지막 힘을 쥐어짜고 있을 뿐입니다. 아무리 오래 버텨도 오늘, 내일은 기운이 다하여 제대로 된 저항조차 못할 것입니다."

"그만큼 필사적이란 뜻이로군."

"아스트롱 공작 입장에서 로운 백작의 지원군을 기다릴 것입니다. 하지만 라이오너 후작령에서 이곳까지 도달하는 데 걸릴 시간을 감안하면 쉽지 않을 것입니다."

"느긋하게 지켜보는 게 좋겠군."

"예."

그날 전투는 아스트롱 공작군의 끈질긴 집념으로 버텨내는 데 성공했다. 남문 일대가 일시적으로 장악된 적이 있었지만 성안의 온갖 무기를 활용하여 간신히 되찾는 데 성공했다.

다음 날, 위클린 공작은 전투를 길게 이끌고 싶지 않아 이른 아침부터 전투개시 명령을 내렸다.

그 병력을 바라보는 아스트롱 공작군에게서는 어떠한 기

세도 느껴지지 않았다.

전날 모든 힘을 쏟아내어 무기를 드는 것조차 버거운 것이 현실이었다.

"모두 진군하라!"

명령이 떨어지자, 일만 대군이 성을 향해 공성무기를 옮기며 진군을 시작했다.

그들이 막 성의 공략을 시작할 무렵, 북문 측에서 외침이 터져 나왔다.

"적이다! 적이다!"

와아아아!

동시에 터져 나오는 함성. 그것은 성안에서 터져 나오는 것이었다.

위클린 공작은 치밀어 오르는 불안감에 눈살을 찌푸리며 물었다.

"무슨 일이냐?"

"지원군입니다. 로운 백작이 기병을 따로 떼어 지원군을 보냈습니다. 적 기병은 약 오천 명입니다."

"큭, 하필이면 지금."

성을 함락시키기 바로 직전이었다. 위클린 공작은 이를 갈면서 보고를 가지고 온 전령을 닦달했다.

"로운 백작은?"

"그는 없다."

갑작스럽게 자리에서 모습을 드러낸 것은 클레디오 백작이었다.

위클린 공작은 얼굴에 떠오른 표정을 지우며 물었다.

"어떻게 알고 있소?"

"없다는 걸 알고 있으니까. 그럼 마블론이 군을 이끌고 있겠군."

"그런가?"

"예, 그렇습니다."

"내가 가겠다."

전령의 대답에 클레디오 백작이 나섰다. 위클린 공작의 눈에 의아함이 서렸지만 대답을 하지 않은 채 자리를 벗어났다. 뒤에 서 있던 카르딘 남작이 밖으로 나가다가 말을 덧붙였다.

"주군께서는 마블론의 목숨으로 로운 백작을 끌어들이려고 합니다."

약식으로 예를 취한 그가 밖으로 나가자 위클린 공작이 인상을 일그러뜨리며 의자에 몸을 묻었다.

"으음, 로운 백작을 끌어들이려 하다니."

"어차피 제거해야 할 인물입니다. 시기를 좀 더 앞당기는 것이니 마블론을 제거한 뒤, 성을 함락시키면 됩니다. 모든 것은 주군의 뜻대로 진행되고 있습니다."

"틀린 말은 아니로군."

헤수스 남작의 말에 그는 인상을 필 수 있었다.

"단숨에 적을 격파한다."

오천의 기병을 이끈 마블론은 성의 함락을 위해 나선 북문의 군을 공략했다.

삼천에 불과한 위클린 공작군은 갑작스러운 적의 등장에 우왕좌왕하는 모습을 보였다.

그 틈을 놓치지 않고 돌격한 마블론의 검이 푸른빛을 발하는 순간, 서너 명의 병사가 반으로 갈라지며 목숨을 잃었다.

종횡무진 전장을 누빈 마블론은 적의 기세가 완전히 꺾인 것을 느끼고는 자신을 이곳으로 보냈던 제이론의 의도를 떠올렸다.

"군사의 목적은 이루었군."

아스트롱 공작령이 함락되는 일만은 막아야 한다고 당부하던 그의 작전을 수행하고자 기병을 닦달하여 단숨에 거리를 주파하여 도착할 수 있었다.

그야 말로 한 끗 차이였다.

주변을 둘러본 그가 적을 더 강하게 몰아치고자 추가적으로 명령을 내리려 할 때였다.

돌연 강맹한 기운이 휘몰아치는가 싶더니, 그대로 그가 서 있는 곳을 향해 날아들었다.

꽈아앙!

"으음."

반사적으로 검을 치켜든 그는 손아귀를 타고 전해지는 충격에 인상을 찌푸렸다. 말에 탑승한 채로 삼 미터 이상이 밀려나 있었다.

"이런 말도 안 되는 위력이……."

공격이 펼쳐진 곳을 향해 고개를 돌린 마블론의 표정이 딱딱하게 굳었다.

그곳에는 가장 마주치기 싫은 상대가 서 있었다.

"오랜만이군."

"오랜만이다, 클레디오."

절대 나서지 않을 거라 생각하던 클레디오 백작이 검을 쥔 채 마블론을 향해 다가오고 있었다.

제6장
한 끗 차이

클레디오 백작을 바라보는 마블론의 표정은 복잡했다. 과거 근위기사단에서 두각을 드러내던 그는 리그디스 공작 휘하의 클레디오 백작과 몇 차례 마주칠 기회가 있었다.

주변에서 마블론을 천재라 칭했지만 클레디오 백작은 상식을 뛰어넘는 괴물이었다. 늘 성취에서 뒤떨어졌던 만큼 열등감이 존재하고 있었다.

"의외로군."

"의외인가."

"직접 나설 줄 몰랐는데. 네놈의 관심은 주군에게 집중되어 있는 것이 아니었나."

"틀린 말은 아니다. 지금 나선 것도 그것의 연장선상이다."

"무슨 뜻이지?"

"널 죽이면 좀 더 일찍 나타날 것이 분명하니까."

"……"

마블론의 얼굴이 분노로 얼룩졌다. 자신을 이토록 무시했던 인물은 티엘을 제외하고 누구도 없었다. 다시는 이런 굴욕감을 느끼지 않으리라 다짐했지만 클레디오 백작에게 자신은 그 정도밖에 되지 않았다.

"네놈에게 난 그 정도밖에 되지 않는단 말인가."

"시험해 보고 싶나?"

"좋다."

클레디오 백작이 앞에 있는 이상 잔수작은 통하지 않을 터였다. 말에서 내린 마블론은 검을 들고 마나를 집중하기 시작했다.

푸른 오러가 엿가락처럼 늘어지더니 이내 검에 응집되었다.

"호오."

"좀 달라진 것 같나?"

"그래 봤자 미세한 차이일 뿐."

"한번 확인해 봐라!"

먼저 선공을 가한 것은 마블론이었다. 단숨에 공간을 격한 그는 눈부신 속도로 검을 휘둘렀다. 군더더기가 묻어나오지 않는 완벽한 일격이었다.

꽝!

"큭!"

검과 검이 충돌하는 순간 마블론의 입에서 억눌린 소리가 흘러나왔다. 자칫 검을 떨어뜨릴 뻔한 위험한 순간이었다.

빠른 속도로 검을 여러 차례 찌른 그는 거리를 두었지만 클레디오 백작의 검이 더 빨랐다.

샤아악!

오러가 스치고 지나간 갑옷이 움푹 파이면서 간신히 치명상을 피한 마블론은 거리를 둘 수 있었다.

"실력이 많이 늘었군."

"으음."

짧은 순간 검을 교환했지만 마블론은 자신이 클레디오 백작의 상대가 될 수 없다는 것을 느꼈다.

치욕감이 밑에서부터 치밀어 올랐지만 이것이 절대강자이자 제국 최강이라 불리는 인물의 검이었다.

'물러난다.'

지금은 자존심이 상한다고 하여 무리를 할 수 없었다. 가장 중요한 아스트롱 공작령 구원에 성공한 이상, 물러나는 것이 최선이었다.

"죽어라!"

마블론이 선택한 것은 손에 쥐고 있던 검을 있는 힘껏 투척하는 것이었다. 허공을 격하고 날아든 검은 단숨에 클레디오 백작의 심장을 노리고 날아들었다.

"눈에 보이는 수작이군."

쩌어엉!

클레디오 백작은 어렵지 않게 마블론이 던진 검을 튕겨냈다. 짧은 순간이었지만 그의 신형은 십여 미터 이상 떨어져서 후퇴를 하고 있었다.

그 순간 클레디오 백작의 검이 허공에 떠오르기 시작했다. 그리고 푸른 불꽃에 휩싸이더니, 공간을 격하고 날아들기 시작했다.

"헉!"

말을 타고 도망치려던 마블론은 헛바람을 집어삼키며 예비용 검을 뽑아 들어 후려쳤다.

푸른 오러가 서로 얽히더니, 무시무시한 폭음이 주변을 뒤흔들었다.

쿠구구궁!

히히히힝!

폭발 여파에서 벗어나지 못한 말의 구슬픈 비명소리와 함께 마블론의 몸이 십여 미터 이상 날아가 땅바닥에 처박혔다.

"쿨럭! 으으으."

방금 전 충돌로 내상을 입은 그는 속이 엉망진창으로 헝클어진 것을 느꼈다.

이 상태로 오러를 생성하면 걷잡을 수 없이 악화될 것은 불을 보듯 뻔했다.

"기사답게 죽어라."

어느새 앞으로 다가온 클레디오 백작의 무심한 음성이 귓가를 파고들었다.

"절대, 절대로 포기하지 않는다."

"기개와 용기는 칭찬해 주지."

처절한 클레디오 백작의 모습을 보고 흘러나온 말은 그것뿐.

감정이 배제된 그의 검이 무심히 허공을 갈랐다.

마블론의 목을 베어버리려던 클레디오 백작의 검은 뜻을 이루지 못했다.

마치 공간 이동을 한 것처럼 모습을 드러낸 한 자루의 검이 그대로 달려든 것이다.

쐐애액!

눈으로 쫓을 수 없는 속도에 클레디오 백작이 즉각 반응했다.

퍽!

둔탁한 소리가 울려 퍼지면서 그의 몸이 밀려났다. 상황이 어떻게 돌아가는 것인지 몰라 어안이 벙벙한 표정을 짓던 마블론 앞에 한 사람이 모습을 드러냈다.

익숙한 뒷모습은 언젠가 따라잡겠다는 목표를 심어준 이의 것이었다.

"귀찮은 일에 말려들었군."

"주군!"

위기의 순간 마블론을 구해낸 것은 다름 아닌 티엘이었다.

상황이 어떻게 돌아가는 것인지 파악하지 못한 마블론은 입가에 흘러내리는 피를 닦아내지 못하고 여전히 어안이 벙벙한 표정을 짓고 있었다.

불의의 일격을 허용했지만 클레디오 백작은 전혀 타격을 입지 않았다. 오히려 공간 자체를 지배하던 방금 전 티엘의 한 수를 보고 눈을 빛내더니 입가에 옅은 미소를 지었다.

"왔군."

"날 부르기 위해 아주 부지런히 움직이더군."

"더 이상 기다리기 싫었다. 내 힘이 어느 정도인지 시험하고 싶었을 뿐."

"나라면 가능할 거라 생각했나?"

"물론."

"잘못 알고 있군."

"······?"

"나와 겨루면 실력을 발휘할 겨를조차 없을 텐데."

전신에 찌릿찌릿한 전기가 통하면서 신체의 자유를 앗아 간다.

한순간 두 눈이 커진 클레디오 백작의 입꼬리가 말려 올라 갔다.

언제 목숨을 빼앗길지 모른다는 이 긴장감!

그가 진정으로 바란 것이 이것이었다.

삶에 미련을 갖게 되어 더 높은 경지를 갈구하게 된 것이 바로 이 긴장감을 느끼기 위함이다.

"좋군, 그 실력, 겪어보겠다."

"특혜를 베풀어주지, 그 실력을 발휘하지 못하고 무너지면 그것만큼 허망한 것도 없을 테니."

티엘이 손을 뻗자 바닥을 뒹굴고 있던 검이 날아와 손에 쥐어졌다.

동시에 퍼져가는 기세.

잔잔한 시냇물과 같았지만 언제든지 형태를 달리하여 상 대의 전신을 갈가리 찢어버릴 수 있는 폭발적인 위력을 내포

하고 있었다.

"고맙군."

"나도 슬슬 삶에 따분함을 느끼고 있었을 뿐이다. 실망이 클수록 감당해야 할 내 분노는 클 것이다."

쉬익!

클레디오 백작의 검이 움직였다.

단숨에 허공을 가르며 발산된 푸른 오러가 섬광처럼 폭발적인 빛을 뿜어내며 찰나의 순간 티엘의 전방과 좌우를 점유했다.

카가각!

티엘은 검을 휘두르며 세 가닥의 기운을 모조리 막아냈다.

그의 얼굴에 서리는 은은한 놀라움.

"검의 한계를 뛰어넘었군."

"그 정도는 시작에 불과하다."

방금 전 공격은 수십 단계로 나뉜 검의 초식을 하나로 통합한 절정의 검술이었다.

이것은 마스터의 칭호를 부여받은 검사들조차 불가능한 것으로, 한 번 상대했던 카젤 국왕조차 오르지 못했던 극의의 경지였다.

가벼운 맛보기처럼 보여준 공격에 이어 클레디오 백작의 공격이 연이어 펼쳐졌다.

그의 검은 공간에서 자유로웠다.

상대의 전후좌우를 오가며 감각을 교란시키는 것은 물론, 일격 하나하나가 산을 부수고 바다를 갈라 버리며 세상을 괴리시키는 위력을 담고 있으니, 그것을 받아낼 검사가 없는 것은 당연한 일이었다.

구구구구구!

힘의 조절이 되지 않는지 주변의 대기가 어그러지기 시작한다. 대기에 포진된 마나가 검에 빨려들어 가면서 주변 공기도 휩쓸리고, 일시적으로 진공 상태로 만들어진 것이다.

펑!

공간을 격하고 날아간 참격에 티엘의 신형이 뒤로 밀려났다가 원래 자리로 돌아왔다.

색다른 검의 운용을 보고 눈을 빛냈지만 감탄할 겨를이 없었다.

클레디오 백작은 거리를 능숙하게 다루며 일방적으로 티엘을 몰아붙이고 있었다. 그동안 펼쳐내지 못했던 검이 연이어 뻗어나가며 전신을 옭아매려 했다.

그때마다 번번이 벗어났지만 사납게 달려드는 검은 떨쳐내기 쉬운 것이 아니었다.

그의 손을 떠난 검이 허공에서 회전을 하기 시작했다. 푸른 오러가 불꽃처럼 타오르며 검의 회전에 따라 극도로 응집된 오러 서클이 사방에 쏟아졌다.

퍼버버버벙!

일격 하나하나가 몇 미터에 달하는 구덩이를 만들어낼 만큼 강력했다.

가벼운 스텝으로 공격을 피한 티엘의 신형이 잔상을 그리며 앞으로 쏟아졌다.

쐐애액!

"으음."

순식간에 날아들어 단숨에 공간을 점유하는 공격은 방금전 자신이 보인 것보다 명백히 한 수 위였다.

클레디오 백작의 입에서 억눌린 신음이 흘러나왔다.

티엘은 웃는 얼굴로 그를 보며 물었다.

"이제 몸은 풀렸나."

"이 정도가 몸풀기밖에 되지 않나."

짧은 순간이지만 전력을 다해 공격을 펼친 클레디오 백작의 두 눈이 차갑게 가라앉았다.

아직까지 자신의 전력이 어느 정도인지 가늠할 수 없었지만 그것을 여유롭게 막아낸 티엘의 실력이 어느 정도인지 쉬이 짐작하기 어려웠다.

"거창하게 의미를 부여해 줄 줄 알았나?"

"그렇군."

대답과 함께 기습적으로 검을 휘두른 일격이 단숨에 티엘의 머리를 쪼개갔다. 하지만 반사적으로 검을 들어 방어한 것은 티엘이 아닌 클레디오 백작이었다.

꽝!

"윽?"

"이제 내 차례니 기다려라."

피식 웃은 티엘의 주변으로 마나가 사납게 날뛰고 있었다.

젊은 시절로 돌아오기 전 자신만의 경지를 개척하여 그 끝을 본 티엘은 자신이 본 실력을 보일 기회가 오게 되리라 미처 생각지 못했다.

마스터도 좋고, 절대강자도 좋았다. 하지만 그들이 자신의 전력을 이끌어낼 것이라 생각지 않았다.

공간검을 깨닫고 마계나 천계를 열 수 있는 힘은 이미 인간의 경지를 아득히 뛰어넘고 있었으니까.

그저 자신이 편해질 때까지 적절히 힘을 발휘하다가 일선에서 물러날 생각이었다.

하지만 눈앞의 제국 최강 기사는 이미 인간의 한계를 뛰어넘고 있었다.

'이곳으로 돌아와 전력을 발휘하게 될 줄은.'

어느 정도의 경지까지 올라섰는지 짐작하는 것은 어려웠다.

하지만 한 가지만큼은 분명했다.

지금 클레디오 백작의 무위를 감당하려면 적어도 마스터급 검사 여러 명이서 희생을 각오하고 붙잡은 뒤, 수천수만의 병력이 포위하여 막강한 화력을 연이어 퍼부어야 했다.

이 정도면 존재만으로 수십만 병사의 역할을 대신할 수 있다고 봐야 했다.

방금 전 하나씩 펼쳤던 응용 공격을 본 티엘은 이 이상 공격을 받아줄 경우 더 높은 경지로 올라설 수 있다는 위기감이 들었다.

"나는 모든 것을 잊었다."

"잊어?"

"저 높은 경지에 도달하면서 자잘한 수법 모든 것을 기억에서 지워 버렸다. 그리고 나만의 검술을 창안하기에 이르렀다. 이 속에 내 모든 깨달음의 정화가 깃들어 있지."

"날 실망시키지 않을 것이라 믿는다."

"실망? 그런 오만한 단어를 내 앞에서 사용할 수 있는 것은 단 한 사람뿐이다."

그 이면에 깔린 지독한 무시가 클레디오 백작의 자존심을 건드렸다.

눈썹을 꿈틀거린 그가 매서운 눈으로 티엘을 노려보며 물었다.

"그게 누구지?"

"바로 우리 어머니다."

"……."

그의 외침에 돌아온 것은 침묵뿐.

제 스스로 말해놓고 웃음을 참을 수 없었던 티엘의 입가에 미소가 지어졌다.

"이름을 붙이기도 번거로워서 나는 이걸 공간검이라 칭했다. 막을 수 있으면 막아보도록."

푸른 오러가 은은하게 발산되는 그의 검이 예비 동작을 지워 버리고 허공을 갈랐다.

그다음 벌어진 현상은 놀라웠다.

한참 떨어진 거리였음에도 팔에 서늘한 예기가 느껴지는 걸 감지한 클레디오 백작의 검이 눈부신 속도로 휘둘러졌다.

펑!

"이건……."

얼굴에 서린 것은 경악.

누구와 비교를 거부하는 높은 경지에 도달한 그였기에 방금 전 티엘이 펼친 수가 얼마나 대단한 것인지 알아볼 수 있었다.

"공간검이라고 하지."

"공간검."

"내 의지로 공간을 점유하는 검술이다. 나는 이 검으로 누구에게 패한 적이 없으며, 더 이상 오를 수 없는 정점의 위치에서 군림했다. 이 검을 받는다면 너를 인정하겠다, 클레디오 백작."

"…와라."

검을 움켜쥔 클레디오 백작이 외쳤다.

티엘의 공간검은 검에 대한 깨달음이 극의에 달해 그가 추구하는 검의 형태를 일컫는다.

검의 움직이는 궤적에서 시작한 호기심은 검이 점유하는 공간에 초점을 두게 하였고, 이를 바탕으로 얻은 깨달음은 하나같이 공간을 장악하는 부류로 이어졌다.

이것을 갈고 닦으며 어느 순간 극의에 올라서니 티엘은 주변 공간뿐만 아니라 저 너머 차원까지 점유할 수 있는 공간검을 완성하게 되었다.

이 검이 진정으로 무서운 이유는 공간의 제약을 뛰어넘을 수 있다는 것이다.

그가 회귀 전 영웅으로 군림할 수 있었던 것은, 상대했던 마족이나 천족 모두 자신의 세계에 두고 있는 본체에 직접적인 타격을 가할 수 있는 인물이기 때문이다.

티엘이 열어놓은 게이트로 중간계에 넘어왔지만 마왕이나

천신 같은 존재들은 자신의 세계에 정신체를 남겨놓은 상태였다.

육체의 보호를 벗어난 정신체는 외부의 공격에 취약했는데, 그럼에도 그 상태를 유지하는 것은 공간의 제약을 뛰어넘어 그것 자체에 타격을 가할 수 있는 인물이 존재하지 않기 때문이다.

하지만 그것이 가능한 게 바로 티엘이었다.

눈에 미치는 공간뿐만 아니라 차원조차 뛰어넘어 본질을 꿰뚫는 검.

그것이 바로 공간검이었다.

티엘이 노리고 있는 것은 클레디오 백작이 아니라 그 내면에 꿈틀거리고 있는 진실한 정체.

언제든지 외부로 모습을 드러낼 것처럼 꿈틀거리는 그것은 자칫 중간계에 커다란 재앙을 가져올 수 있는 시한폭탄이었다.

파바바바밧!

공간을 자유자재로 점유하는 검의 존재는 압도적인 신위를 발휘하였다.

클레디오 백작은 눈부신 속도로 검을 휘두르며 티엘의 공격을 하나하나 파훼했다.

그럼에도 자유자재로 공격을 가하는 기세는 전혀 누그러

지지 않았다.

'공간검으로도 쉽지 않다는 건가.'

자각하지 못하고 있지만 본능적으로 모든 공격을 막아내고 있었다.

그것을 바라보는 티엘의 표정은 차갑게 가라앉았다.

깨달음이 극의에 달한 공간검으로 제압이 쉽지 않다면 남은 것은 전심전력을 다한 힘이었다.

이것을 사용하면 더 이상 인간이라 부를 수 없는 무위를 보유하게 되지만 반대로 많은 것을 잃게 된다.

그 순간, 분주하게 움직이며 방어에 임하던 클레디오 백작의 몸이 멈췄다. 그리고 입가에 억눌린 신음을 흘리기 시작했다.

"크으으으."

"시작되었군."

당장 폭발할 것처럼 발산되고 있는 클레디오 백작의 기운은 더 이상 순수한 마나가 아니었다.

은은한 검은 기류가 전신을 휘감으면서 회전이 빠르게 이루어지고 있었는데, 이런 기운을 발산할 수 있는 것은 마계의 존재뿐이었다.

"블랙 드래곤이었나."

"내게, 내게 무슨 일이 벌어지고 있는 거지?"

"아직도 자신의 상태를 깨닫지 못하고 있나?"

"무슨 뜻이지?"

클레디오 백작의 얼굴에 서린 것은 의아함이었다.

그 모습을 본 티엘은 정신계 마법을 의심했지만 그 정도 수준에 오른 검사라면 마왕의 세뇌 마법이라도 이상함을 깨닫고 파훼할 수 있는 경지였다.

"그랬던가."

"무슨 말을 한 것이냐!"

"언제인지 모르지만 네가 취한 것, 그것은 블랙 드래곤의 심장이다."

"……"

"아마 어린 시절 영약이란 걸 먹은 적이 있겠지."

티엘의 말에 클레디오 백작의 표정이 눈에 띄게 굳어가기 시작했다.

그의 반응을 보고 자신의 예상 중 하나가 빗나간 것을 깨달은 티엘은 허탈한 웃음을 지었다.

"자연스러운 드래고니안이라 생각했지만 그게 아닐 줄이야."

공간검의 깨달음으로 꿰뚫어 본 클레디오 백작의 본질, 그것은 드래곤의 힘을 품은 드래고니안이었다.

처음 그를 본 순간 티엘은 드래곤의 후예라는 것을 알게 되었다.

그리고 각성의 때가 되길 기다렸지만 클레디오 백작이 보인 반응은 예상과 달랐다.

전생의 기억에서 그가 수만에 달하는 병력과 검을 겨루다가 목숨을 잃었다는 걸 떠올리면서 드래고니안으로 각성하였다고 생각했다.

하지만 그것이 아니었다.

클레디오 백작은 자신의 본질조차 파악하지 못한 인간에 불과했다.

"흥미가 떨어졌군."

그가 보인 무감정한 손속은 블랙 드래곤 하트의 부작용에 지나지 않았다.

"돌아가라, 가서 네 안에 들끓는 힘을 안정시키고 찾아와라."

"……."

"네 몸 상태에 대해 듣고 싶겠지? 이 자리에서 물러나도록."

"나중에 찾아가도록 하지."

그 말을 끝으로 클레디오 백작은 미련을 접어두고 발걸음을 돌렸다.

멀어지는 뒷모습을 쫓던 티엘은 한숨을 푹 내쉬었다.

"후, 다행이로군. 이 이상 나가는 건 내키지 않았는데."

블랙 드래곤은 마계에 존재하는 어둠의 마나를 받아들인 존재였다. 그 힘을 품은 클레디오 백작이 폭주하면 자극을 받은 마계의 문이 열릴지도 모르는 일이었다.

순수한 악에 가까운 그 성질을 품은 클레디오 백작의 각성은 내키지 않는 일이다. 스스로 놀라운 재능을 지니고 있어 블랙 드래곤의 힘을 제어하고 있는 상황에서 자극을 가하는 것만큼 어리석은 행동은 없다.

"나도 아직 그 틀을 깰 수는 없겠지."

공간검 이상의 무위를 발휘하기에는 인간의 육체가 약했다.

그 틀을 벗어던질 때가 되어서야 비로소 온전한 무위를 발휘할 수 있는데, 아직 세상에 뿌려놓은 씨앗들이 그로 하여금 미련을 갖게 했다.

카르딘 남작은 치열한 전투를 벌이던 클레디오 백작이 돌연 모습을 드러내자 의아한 표정을 감추지 못했다.

"주군?"

"카르딘, 돌아간다."

"예?"

"우리의 터전으로 돌아갈 것이다. 군을 이끌고 진영을 이탈하도록."

그 말을 끝으로 클레디오 백작은 자취를 감추었다. 카르딘 남작은 지금 상황이 어떻게 돌아가는 것인지 이해가 되지 않았지만 명령을 받은 이상 수행해야 했다.

곧장 삼천의 병력을 추스른 카르딘 남작이 위클린 공작군을 이탈하기 시작했다.

갑작스러운 삼천 기병의 이탈에 위클린 공작은 어처구니없는 표정을 짓다가 모습을 드러낸 클레디오 백작을 보며 분노를 드러냈다.

"이게 무슨 짓이오?"

"약속은 지켜졌다. 나는 떠날 것이다."

"약속이 지켜졌다니! 이 어디가 약속을 지킨 것이란 말이오!"

위클린 공작 입장에서는 당연했다. 그가 보고받은 내용에 의하면 현재 클레디오 백작이 보이는 행동은 티엘에게 겁을 먹고 물러나는 것에 지나지 않았다.

"로운 백작을 만나 검을 나눴다. 나는 검을 나누겠다고 했지, 반드시 꺾겠다는 말은 하지 않았다."

"이이……."

검사의 호승심을 믿었기에 그 부분을 강하게 표현하지 않은 것이 사실이었다.

하지만 제국 최강이라 불리는 클레디오 백작이 이렇게 쉽게 미련을 접어 넣을 줄 몰랐다.

"로운 백작을 꺾어주시오! 새로운 제안을 하겠소!"

"검을 나눠보니 쉽지 않더군. 내 목숨을 버리면서 로운 백작을 제거할 생각은 없다."

방금 전까지 겪어본 압도적인 힘과 자신의 정체에 대해 알려주겠다는 말에 모든 정신이 집중되어 있었기에 더 이상 그와 검을 맞대는 것에 흥미를 느끼지 못했다.

클레디오 백작이 발걸음을 돌리려고 하니, 위클린 공작가의 기사들이 앞을 가로막았다.

그의 전신에서 살벌한 기세가 발산되기 시작했다.

"날 막을 생각인가?"

"자세한 설명을 듣고 싶을 뿐이오."

"이야기한 그대로다. 더 이상 방해는 용납하지 않는다."

콰콰콰콰!

클레디오 백작의 기세가 기사들의 기운을 옭아매니, 기사들의 몸이 크게 휘청거렸다. 그는 당당히 그 사이를 지나 진영을 벗어났다.

"크윽! 당장 저놈을……."

"주군! 안 됩니다."

"지켜보고 있자는 것이냐?"

"지금 상황에서 클레디오 백작을 적으로 돌리는 것은 최악의 판단입니다."

"……."

헤수스 남작의 말이 틀린 부분은 없었지만 위클린 공작은 밑에서 치밀어 오르는 분노를 억누르는 것이 너무나 힘들게 느껴졌다.

얼굴이 붉으락푸르락하는 모습에 헤수스 남작은 한숨을 길게 내쉬었다.

'쉽지 않겠군.'

로운 백작을 상대해 줄 것이라 여기던 클레디오 백작이 떠났고, 저쪽은 지원군의 가세로 사기가 하늘을 찌를 듯 치솟았다.

당장의 국면은 불리하지 않지만 앞으로 전투가 지속될수록 상황은 안 좋게 바뀔 터였다.

"주군, 결정을 내리셔야 합니다."

"무슨 결정을 말하는 것이냐!"

"이대로 전투를 지속하실 생각이십니까?"

"…물론이다."

티엘의 존재가 걸렸지만 클레디오 백작이 떠났다고 하여 이 정도에서 전쟁을 멈출 생각이 없는 위클린 공작이었다. 함락 직전에 놓인 아스트롱 공작령을 보면 그럴 생각은 더더욱 없었다.

"당장 성을 함락시킬 작전을 짜도록."

"알겠습니다."

무리라고 말을 하고 싶은 헤수스 남작이었지만 분노로 이성을 잃은 위클린 공작의 결정을 뒤집는 것이 불가능하다는 걸 알고 있었다.

'힘든 싸움이 되겠군.'

과연 승리할 수 있을까? 이 생각보다 어떻게 하면 온전히 전력을 보전할 수 있을지에 대한 생각이 머릿속을 가득 채우고 있었다.

티엘의 합류 이후에도 위클린 공작은 끈질기게 성을 노렸다. 하지만 오천의 기병과 한껏 사기가 치솟은 아스트롱 공작군은 필사적으로 수성에 전념했다.

그 결과 공성전이 장기화 조짐을 보였고, 라이오너 후작령에서 출발한 티엘의 군대도 도착했다.

거기에 그치지 않고 더 이상 전쟁을 지속할 이유를 느끼지 못한 티엘은 로운 백작군과 아스트롱 공작군을 이끌고 위클린 공작군의 본대를 공격했다.

일검에 서너 명의 기사가 쓰러졌고, 본영을 정면으로 가로

지른 티엘의 발걸음이 도망치던 위클린 공작 앞에 도달했다.

"처음 보는군."

"으, 으으, 로운 백작."

티엘이 말에서 내려 위클린 공작에게 다가갔다. 주변에 수십 명의 호위기사가 있었지만 마치 독대를 한 것처럼 그의 표정은 하얗게 질려 있었다.

"원한을 산 적이 없는데 얽히는 일이 많더군."

"무, 무슨 말인지?"

"카젤 국왕 건을 모를 리 없다고 생각하는데."

"들어본 적 없다."

"정보부에서 조사한 게 있는데, 그 서류가 있는 건 아니니 지금 당장 따지지 않지. 지금 용무가 있으니 날 따라가 줬으면 좋겠는데."

대수롭지 않게 흘린 한마디였지만 위클린 공작에게는 청천벽력처럼 다가왔다.

긴장감이 잔뜩 서린 그는 티엘을 바라보며 물었다.

"날 어떻게 할 생각이지?"

"대가만 치른다면 목숨을 빼앗지 않지."

"믿을 수 있나?"

"믿지 않으면 이 자리에서 죽여주지."

"…믿겠다."

태연한 얼굴로 협박을 가하는 행동에 위클린 공작이 할 수 있는 것은 아무것도 없었다.

불만을 드러내지 않고 그의 제안을 무조건 수용하는 수밖에.

그렇게 티엘의 손에 포로가 된 위클린 공작은 삼십 년 동안 클루스 지방을 넘보지 않고 막대한 배상금을 지불하기로 한 뒤 칼헤린 지방으로 돌아갈 수 있었다.

처음 협상이 지지부진하게 흘러가자, 티엘은 협상 대표였던 헤수스 남작을 바라보다가 무언가 생각이 난 듯 한마디를 하였다.

"아, 깜빡했군. 헤수스 남작이 거슬린다면서 반드시 제거하라고 하던데."

그 결과가 바로 이것이었다.

아스트롱 공작은 위클린 공작의 침공에 자유로워진 것은 물론, 막대한 배상금을 얻게 되자 적잖이 안도할 수 있었다.

좋은 소식은 한 번이 아니라 여러 차례 나눠 도착했다.

피폐하게 바뀐 아스트롱 공작령에 대대적인 지원이 이루어진 것이다.

그에 앞장선 것은 체스너 상단이었다. 그리고 구호품 운반을 책임진 것은 카롤리나였다.

"오랜만에 뵈어요, 로운 백작님."

"이곳에 무슨 일로 왔지?"

"백작님도 뵙고 싶었지만 제 오랜 친구인 크레티아를 돕고 싶어서요. 많은 양은 아니지만 힘을 써서 구호품을 가지고 왔어요."

"허허, 고맙네. 체스너 상단에서 이렇게 호의를 보일 줄 몰랐군."

"상인에게 호의란 게 있을 수 있나요. 여기 로운 백작님과의 친분과 아스트롱 공작 전하와 좋은 관계를 맺고 싶어 찾아온 거랍니다."

우아하게 예를 갖추는 카롤리나를 보며 아스트롱 공작은 고개를 끄덕였다.

연이은 전투로 식량 수급은 바닥을 보이고 있는 중이었다.

그러던 중 체스너 상단의 지원은 가뭄의 단비였다.

한동안 아스트롱 공작과 이런저런 이야기를 나누던 카롤리나의 표적이 티엘로 바뀌었다.

"백작님, 잠시 이야기를 할 수 있을까요?"

"하도록."

"기왕이면 안에 들어가서 하고 싶어요."

"그러지."

먼 길을 다녀온 여인을 매몰차게 대할 만큼 인정이 없지는 않았다. 예전이라면 곧장 거절했을 그였지만 실비아의 오랜

잔소리가 조금씩 효과를 보이고 있었다.

"저는 아스트롱 공작가의 잠재력을 높게 보고 있어요. 라이오너 후작가와 위클린 공작가의 기세에 눌려 있었지만 백작님의 도움이라면 언제든지 성세를 회복시킬 수 있다고 봐요."

"그런 이야기를 내게 하는 이유가 뭐지?"

"곧 백작님의 처가가 될 곳이니까요. 기왕이면 잘되는 것을 원하지 않나요?"

"무너지는 것을 보고 도울 생각은 없다."

"냉정하시네요. 제가 이곳까지 찾아온 것은 도움을 드리기 위함도 있지만 한 가지 목적도 있어서예요."

이익이 없는 자리에 상인이 모습을 드러낸다는 것은 있을 수 없는 일이었다. 아스트롱 공작에게 마음의 빚을 지워두기에는 체스너 상단이 지원한 구호품의 양이 많아도 너무 많았다.

티엘은 그녀가 말하는 것이 무엇인지 꿰뚫어 보고는 언급했다.

"마나석."

"알고 계셨나요?"

"그 광산의 소유권이 내게 있다."

"어머! 그럼 마침 잘됐네요. 그것 때문에 아스트롱 공작 전하에게 어떻게 말을 드릴지 고민이었는데."

"뭘 원하는 거지?"

"저희 측 상단에서 판매하길 원해요. 최대한 이문이 남는 방향으로 조건을 제시할게요."

"그로 인해 너희가 얻는 건?"

"금전적인 이익은 크지 않아도 돼요. 하지만 마나석을 독점적으로 공급하면 상단의 위상이 이전과 비교가 안 될 만큼 올라가죠. 전 그걸 원해요."

카롤리나가 노리는 것은 체스너 상단의 위상을 높이는 일이었다.

그것은 오랜 세월을 쌓아오며 끌어올리는 게 일반적이지만 역사가 오래되지 않은 체스너 상단 입장에서는 다른 수단이 필요했을 것이다.

"조건만 맞는다면 상관없다. 나중에 영지로 실무자를 보내도록."

"제가 직접 가겠어요. 그날의 맞선도 아직 끝나지 않았으니까요."

"맞선?"

"기억 안 나세요?"

뾰족해진 음성으로 물어보니 티엘이 조용히 고개를 저었다.

"난 그게 끝이라 생각했을 뿐이다."

"그럴 리가요. 제게 주어진 시간을 방해받았는 걸요. 전 이대로 넘어갈 생각이 없어요."

"그걸 가지고 뭐라고 할 생각은 없다. 원한다면 영지로 돌아가 맞선을 진행하도록 하지."

"어머, 감사해요. 사실 다른 사람에게 맡길 수 있었지만 제가 직접 온 건 백작님을 뵙고 싶어서예요."

"그렇군."

밋밋한 티엘의 반응에 카롤리나는 입술을 삐죽였지만 더 말을 하지 않았다.

원래 이런 남자란 것을 알고 있었기에 큰 기대를 해봤자 손해를 보는 것은 자신이라는 걸 이미 예전부터 알고 있었다.

"그럼 저는 가보도록 할게요. 구호품을 어떻게 배분할지 결정해야 되어서요."

"그러도록."

그것으로 대화는 끝.

먼 길을 달려와서 원하던 것을 얻어냈지만, 개인적으로 원하던 것은 얻지 못한 카롤리나는 불퉁한 표정으로 인사를 한 뒤 밖으로 나갔다.

제7장
카롤리나의 고백

위클린 공작군을 물리치고 배상금을 물리게 했지만 아스트롱 공작가에는 아직 해결해야 할 일들이 산적해 있었다.

체스너 상단의 도움으로 다급한 위기를 넘겼지만 오랫동안 전쟁에 휩싸여 있던 클루스 지방 전체를 추스르는 것이 쉽지 않았던 것이다.

특히 클루스 지방 북부 일대를 되찾는 과정에서 티엘의 군이 움직였다 보니 소유권에 대한 문제가 갈등의 표면으로 떠올랐다.

클루스 지방 북부는 곡창지대가 펼쳐져 있어 아스트롱 공작가가 자립할 수 있는 여건을 제공한 곳이다. 굉장히 예민한 사안이었지만 그의 위상을 고려하다 보니 아스트롱 공작은 아무 말도 하지 못했다.

그러다 제이론의 말을 들은 티엘은 개의치 않고 클루스 지방 북부 지배권을 아스트롱 공작에게 돌려주었다.

그리고 어떠한 요구도 하지 않은 채 헤인조 지방에 돌아갈 것을 선언했다.

"정말 고맙소. 로운 백작의 도움이 아니었으면 가문의 존속조차 어려웠을 것이오."

"앞으로 잘하시면 됩니다."

"허허, 그래야지. 다시 한 번 감사를 표하는 바요."

"그 정도면 충분합니다. 저는 이만 물러가도록 하겠습니다."

"그러시구려."

아스트롱 공작의 성대한 배웅을 받으면서 티엘은 헤인조 지방으로 떠났다.

무려 십 개월 가까이 이어진 원정이었다.

"주군."

"무슨 일이지?"

"왜 클레디오 백작을 제거하지 않았는지 물어봐도 되겠습니까?"

제이론이 갖고 있는 의문은 당연한 것이었다.

클레디오 백작은 개인 무위에 있어 제국 내 유일하게 티엘에 근접한 검사였다. 할 수 있으면 반드시 제거하는 것이 좋다는 게 제이론의 생각이었다.

"굳이 그럴 필요를 느끼지 못했다."

"예?"

"전력을 발휘하면 클레디오 백작을 죽일 수 있지만 자칫 잠들어 있는 힘을 깨울 수 있었다. 그것이 잘못되면 상당히 곤란한 상황이 벌어지지."

"……."

이해가 되지 않는 표정이었지만 티엘은 그 이상 설명해 줄 필요를 느끼지 못했다.

블랙 드래곤의 심장이나 클레디오 백작의 각성 같은 사실은 굳이 언급할 이유가 없었다.

"그나저나 오랜만의 귀환이군."

"예, 병사들 모두 들떠 있습니다."

"그렇군. 너무 들떠서 주변에 피해를 끼치지 않도록 신경 써라."

"알겠습니다."

일 년에 가까운 시간 동안 티엘이 쓴 신화는 엄청난 것이었다.

북부의 라이오너 후작가를 멸문시켰으며, 칼헤린 지방의
패자 위클린 공작을 굴복시켰다.

거기에 그치지 않고 클레디오 백작과 대등하게 겨룸으로
써 그 위상이 하늘 높은 줄 모르고 치솟고 있는 중이었다.

세어드 요새를 지나 헤인조 지방으로 진입하니 백성들이
자발적으로 나와 만세를 외치고 있었다.

"어서 오십시오, 주군!"

티엘은 마중을 나온 가신들의 면면을 둘러본 뒤 짧게 치하
했다.

"그동안 수고했다."

"당연히 해야 할 일을 했을 뿐입니다."

"오랜 원정으로 고생한 이들이 많으니 휴식을 취하게 지원
을 아끼지 말도록. 나도 쉬고 싶군."

"예."

티엘의 명령에 원정군은 두둑한 포상금을 받아 각자의 터
전으로 돌아가게 되었다.

거처에 틀어박힌 그는 몇 년치 활동량의 소모를 보충하고
있었다.

다음 날, 아침 식사를 위해 식당으로 향한 그는 두 여인이
서 있는 것을 볼 수 있었다.

이제나저제나 그가 돌아오길 기다리던 로웰린과 크레티아였다.

"어서 오세요, 백작님."

로웰린이 기품이 묻어나오는 태도로 티엘에게 인사를 건넸다.

"오랜만이다. 그동안 더 예뻐진 것 같군."

"정말인가요?"

기뻐하는 그녀가 감정을 겉으로 표현할 틈도 없이, 크레티아가 티엘에게 달려들었다.

그의 품에 안긴 크레티아는 촉촉한 음성으로 감사를 표했다.

"정말 감사드려요, 백작님."

"무사했으니 되었다. 그나저나 식사를 하고 싶은데."

"죄송해요."

그제야 품에서 벗어난 크레티아가 그의 오른쪽에 섰고, 로웰린은 자연스럽게 왼쪽에 섰다.

셋은 식당으로 가서 함께 식사를 했다. 주로 이야기를 하는 것은 크레티아였고, 간간이 로웰린이 입을 열고는 했다.

"힘드시지 않으셨어요?"

라이오너 후작가와 위클린 공작가 모두 한 지방의 패자였다. 그들을 모조리 꺾고 십 개월 동안 원정을 떠났으니 얼마나 고생을 했을지 가늠하기 힘들었다.

"힘든 것보다 귀찮음이 더 컸다고 볼 수 있겠군."

"귀찮음이요? 하긴, 백작님이시니까 그런 말씀을 하실 수 있겠죠."

눈을 동그랗게 뜨던 크레티아가 납득한 듯 고개를 끄덕였다.

그가 아니고서 누가 이런 말을 할 수 있을까.

한 지방의 패자였던 두 가문을 각기 멸망시키고 패퇴시킨 것은, 티엘이 아니고서는 누구도 불가능한 성과였다.

"앞으로 일정이 있으신가요?"

로웰린이 조곤조곤한 목소리로 물었다. 십 개월이라는 시간은 그녀들에게 있어 긴 기다림이었다. 티엘이 어떤 계획을 가지고 있는지 알고 싶어 했다.

"아니, 없다."

"그럼……"

"휴식을 취하면서 혼인을 준비할 생각이다. 가문의 바깥일에 집중을 했으니 이제 안쪽에 집중할 때가 되었지."

"……"

대수롭지 않게 말을 했지만 그 내용을 들은 로웰린과 크레티아의 표정이 밝아졌다.

혼인이라 함은 자신들이 그 대상이라는 것을 모를 리 없었다.

하지만 그 밝은 표정은 오래 이어지지 못했다.

"그러고 보니 아스트롱 공작령에서 카롤리나를 만났다."

"카롤리나를요?"

전혀 예상치 못한 이름의 언급에 크레티아의 목소리가 높아졌다.

"구호품을 들고 아스트롱 공작령을 방문했더군. 그것으로 급한 위기를 넘길 수 있었다."

"어머, 우리가 친한 사이라는 건 알고 있었지만 카롤리나가 그런 호의를 베풀어줄 줄 몰랐어요."

"무형적으로 더 큰 이익을 원하고 있었다. 그리고 내게 다시 한 번 이곳에서 그때 끝맺지 못한 맞선 자리를 이어나가자고 하더군."

"정말 그랬나요, 그 여우가?"

"그랬다."

"이익, 역시 아무 계산 없이 움직일 리가 없었어."

고마운 감정이 한가득이었던 크레티아가 표정을 찌푸리며 씩씩거렸다.

아스트롱 공작령에서 벌어진 전쟁은 티엘의 위상을 한없이 끌어 올려주는 결과를 낳았다.

특히 제국 최강 클레디오 백작과 무승부를 이룬 대결을 본 이들은 그에게 헤인조 지방의 숨은 은자라는 별명을 지어주었다.

최강에 도달한 실력을 지니고 있었음에도 오랫동안 힘을 감추고 있던 그를 칭송하는 의미였다.

카롤리나는 전쟁의 진행 상황을 모두 지켜보고 자신이 끼어들기 적합한 때를 기다리다가 개입한 것임이 분명했다.

"로웰린 언니도 한마디 해요."

"내가 무슨 말을 하겠어. 백작님을 모시기로 한 이상 백작님의 말을 따를 뿐인데."

"어, 언니?"

담담한 로웰린의 말에 크레티아는 충격을 받은 것처럼 요란하게 몸을 떨었다.

하지만 밑에서 스멀스멀 피어나는 배신감은 진짜였다.

티엘을 본 첫날임에도 벌써부터 요조숙녀의 모습을 보이고 있으니 손해를 본 것은 자신뿐이라는 것을 깨닫게 되었다.

뒤늦게 자신의 실책을 알아차렸지만 로웰린이 나서는 것이 더 빨랐다.

"영웅 주위에 여인이 꼬이는 것은 어쩔 수 없는 이치라 했으니 저희는 걱정하지 마십시오."

"배려를 해주니 고맙군."

"당연히 해야 할 일인 걸요."

"으으."

괜히 나섰다가 질투의 화신이 된 크레티아의 입에서 나온
것은 앓는 소리뿐이었다.

안색을 붉으락푸르락하던 그녀는 힘겹게 숨을 몰아쉬었
다. 그러다 서로의 시선이 허공에서 부딪쳤다. 티엘이 눈치채
지 못하도록 둘은 눈빛으로 대화를 나누었다.

'미안, 하지만 이게 최선이야.'

'이 언니도 보통이 아니야.'

친분을 다지며 자매 같은 사이가 되었지만 본질을 들여다
보면 한 남자의 사랑을 차지하기 위한 연적이었다.

자신이 너무 순진하게 행동했음을 깨달은 크레티아는 흥
분하려는 마음을 어렵사리 다잡을 수 있었다.

"가문도 편하지 않기는 마찬가지로군."

팽팽한 두 여인의 신경전을 눈치챈 티엘이 중얼거렸다.

제국 서부의 치열한 전쟁이 종료되었지만 여전히 곳곳에
서 균열음이 일어나고 있었다.

그중 가장 물리고 물리는 전쟁이 벌어지는 곳은 바로 제국
의 중심 황도였다.

히드로 2세의 요청을 받아들인 레디븐 백작이 군을 이끌고
입성함에 따라 일약 제국의 제일 권력자로 등극할 수 있게 되

었다.

황제의 권위를 무시하고 활개치는 귀족을 견제하고자 히드로 2세는 레디븐 백작을 전폭적으로 지원해 주었고, 그 의도대로 치열한 대립각을 세우기 시작했다.

황도에 아무런 기반이 없는 레디븐 백작으로서는 초반에 고전을 할 수밖에 없었다.

하지만 황제의 도움으로 지지기반을 얻은 그는 하급 귀족을 포섭하면서 빠른 속도로 세력을 확장하여 서서히 정계에 입김을 행사하기 시작했다.

그러자 다급해진 것은 기존의 귀족들이었다.

그들은 자신의 손에 놓인 권력을 놓치지 않기 위해 필사적으로 발버둥을 쳤다.

레디븐 백작은 주도권이 자신에게 넘어오는 것을 알아차리고는 서두르지 않았다. 마치 애완동물을 길들이는 것처럼 조금씩 교육을 시켜 입맛대로 구워삶을 준비를 하는 중이었다.

권력 한 조각을 주워 먹기 위해 벌 떼처럼 달려드는 모습은 수많은 이들의 실소를 자아내기에 부족하지 않았다.

"저들의 모습이 참 우습지 않은가."

"평생 저것만 바라보던 이들입니다. 주군께서 특별하신 것뿐입니다."

"저들을 휘어잡고 힘을 길러야 윈스터 후작을 견제할 수 있을 텐데, 저런 인물들을 다독여야 하니 이래저래 피곤하군."

"그래도 라이오너 후작령을 손에 넣지 않았습니까? 막강한 기병을 얻었으니 주군의 대계는 이제 한 걸음 앞으로 내딛은 셈입니다."

"확실히 그 제안은 의외였지."

서부에서 벌어지는 치열한 전쟁은 레디븐 백작이 권력을 장악하는 과정에서 호재로 작용했기에 조용히 지켜보는 입장이었다.

그런데 돌연 책사 제이론에게서 제안이 들어온 것이다.

라이오너 후작가를 멸문시킬 테니 그 빈자리를 차지하라는 것.

지지 기반이 약하고 윈스터 후작을 상대할 힘이 필요했던 레디븐 입장에서는 거절할 이유가 없었다.

"클리멘트 자작을 놓친 것이 아쉽더군."

"주군만큼 인재 욕심이 많은 로운 백작입니다. 아쉽지만 라이오너 후작령을 손에 넣으셨으니 안심하시길."

"거대한 제국을 경영하기 위해서는 더 많은 인재가 필요하다. 카이후, 나에게는 너와 제이안 같은 인물들이 더 필요해."

"신을 높게 평가해 주셔서 감사합니다. 하지만 그 모든 것은 주군께서 마음을 먹는 순간 알아서 따라올 것들입니다. 제국에서 가장 많은 인재들이 숨어 있는 곳이 바로 황도입니다. 주군이 권력을 무분별하게 휘두르는 저들을 휘어잡고 올바른 정치를 펼진나면 위정자들에게 실망한 인재들이 스스로 모습을 드리낼 것입니다."

"내가 너무 조급하다는 것은 알고 있다. 하지만 내가 이렇게 힘을 허비하는 사이 윈스터 후작가의 기세가 무섭게 치솟고 있다."

노르앙 후작령을 집어삼킨 윈스터 후작은 제국 북부와 북동부에 걸친 거대한 영지를 모두 손에 넣었다. 그 규모는 칼헤린 지방을 뛰어넘어 대왕국의 규모에 육박하고 있었다.

"내 뜻을 펼치기 위해서는 윈스터 후작가를 쳐야 한다. 가장 이상적인 것은 윈스터 후작가와 헤셀 백작가가 충돌하는 것이겠지."

"그렇게 될 것입니다. 헤셀 백작도 오랜 시간 전력을 축적했습니다. 만약 청크 지방으로 진출할 수 있다면 전쟁은 장기화가 될 것입니다. 라이오너 후작령을 추슬러 전력을 재정비하기에 충분합니다."

"세상 일이 뜻대로 돌아가지 않는 것쯤은 알고 있다. 언제 어느 순간 상황이 뒤바뀔지 모르니 방심하지 않겠다. 카이후!

너는 권력을 탐하는 돼지들을 길들일 방안을 찾도록 하라. 나는 폐하를 알현하여 최대한 많은 지지를 끌어내도록 하겠다."

"예, 주군."

자신의 꿈을 향해, 레디브 백작도 한 보 앞으로 내딛고 있었다.

오랫동안 전력을 축적한 헤셀 백작은 십오만이 넘는 병력을 동원할 수 있는 대제후였다.

북으로 청크 지방을 노리고 있으며, 남으로 아이주 지방의 진출을 꾀하고 있는 그가 가장 싫어하는 것은 윈스터 후작이었다.

사촌 지간으로 얽힌 그들은 남보다 못하다고 할 만큼 사이가 좋지 못했다.

그런 그가 윈스터 후작가에서 온 사신의 서신을 건네받고 읽다가 인상을 일그러뜨렸다.

"뭐라고? 지금 뭐라고 했지?"

"편지 내용 그대로입니다."

"예전의 관계를 회복하고 서로 불가침조약을 맺자? 이것이 가능하다고 생각하는 것이냐?"

"과거는 과거일 뿐입니다. 더 먼 미래를 바라보고 이익을 취하기 위해서는 과거의 은원을 과감히 잊어버릴 수 있어야 합니다."

헤셀 백작가를 방문한 것은 윈스터 후작가의 젊은 책사 미첼이었다. 그는 헤셀 백작을 설득하라는 막중한 임무를 맡고 이곳으로 왔다.

"크크, 그렇군. 윈스터 후작도 이렇게 생각하고 있는 것이냐?"

"그렇습니다."

"그렇군, 그렇다면 나도 굳이 윈스터 후작을 적대할 이유는 없다. 북쪽의 전선이 여유가 생긴다면 아이주 지방으로 집중할 수 있으니까."

"한 가지 조언을 해드려도 되겠습니까?"

"말해봐라."

"현재 로운 백작가에서 아이주 지방을 꾀하고 있는 것으로 알려져 있습니다."

토릭슨이 이만의 군을 렉스터 남작령에 집결시켜 조금씩 아이주 지방으로 진출시키고 있었다.

인접한 곳에서 정보를 얻고 있는 헤셀 백작이 그 사실을 모를 리 없었다.

"알고 있다. 하지만 아이주 지방은 우리 차지가 될 것이다. 그들과 내가 동원할 수 있는 병력의 차이는 비교가 되지 않을 정도니까."

"그 점 알고 있습니다. 저는 백작 각하께서 아이주 지방을 차지하리라 의심치 않습니다."

"불가침을 이어나갈 수 있다면 난 개의치 않겠다. 과거의 은원, 현재의 영광을 위해 잊도록 하지."

"감사합니다. 주군께서도 기뻐하실 것입니다."

"윈스터에게 한 방 먹여주고 싶지만 참도록 하지, 크크. 물러나도록."

고개를 깊게 숙인 미첼이 물러났다. 헤셀 백작은 입가에 맺힌 미소를 지우고 사라진 방향을 뚫어지게 쳐다보다가 다시 웃었다.

"흐흐, 과거의 은원을 잊자고? 너는 그럴 수 있지만 나는 절대 그럴 수 없다. 네가 내 약속을 믿고 군을 동원하는 순간, 청크 지방은 내 수중에 들어올 것이다."

처음부터 동맹을 맺을 생각 따위는 안중에도 없었다.

헤셀 백작과 불가침조약을 맺으라는 말을 들은 윈스터 후작은 눈살을 찌푸렸다. 헤셀 백작처럼 원한은 없지만 자신을 죽이려고 달려드는 그의 존재는 여러모로 껄끄러웠다.

하지만 그런 제안을 한 것이 제1책사인 질렛이라는 점에서 윈스터 후작은 쉽게 흘려들을 수 없었다.

"그대는 헤셀 백작이 불가침조약을 맺을 거라 생각하는가."

"신이 생각하기에는 받아들일 것입니다."

"무슨 이유로?"

"주군을 방심시키기 위함입니다. 주군을 방심시키기 위해 헤셀 백작은 잠깐 자존심을 굽히고 주군의 뜻을 따를 것입니다."

"진심으로 임하지 않는다는 점에서 실효성은 없는 것과 다름없군."

"그렇습니다. 하지만 이것은 주군의 위대한 일보에 큰 도움이 될 것입니다."

"자세한 설명이 필요하다 질렛."

질렛은 자세를 바로 하고 말을 설명을 시작했다.

"주군께서 다른 이들이 넘볼 수 없는 강대한 세력을 구축하셨기에 헤셀 백작은 쉽게 움직이기 힘들 것입니다. 제국 중부로 진출하기 위해서는 황도로 진격하는 것과 라이오너 후작령을 경유하는 것, 헤셀 백작을 치는 것이 있습니다. 황도로 진격하는 것은 주군께서 쌓아 오신 것을 잃어버리게 만들 것이고, 라이오너 후작령을 경유하는 것은 적대관계가 아닌 로운 백작가를 적으로 돌리는 결과를 낳습니다. 마지막으로 남은 것은 언제 멸문시켜도 아쉽지 않을 헤셀 백작가입니다."

"함정을 파놓는다는 뜻이로군."

"주군께서 군을 움직이시면 헤셀 백작은 곧장 군을 집결시킬 것입니다. 그리고 가장 가까운 청크 지방을 향해 진군을 할 테니, 그때를 기다리시면 됩니다. 대군을 잃은 헤셀 백작은 더 이상 영지민의 지지를 받지 못할 것입니다."

질렛이 세운 계책은 몇 년 후를 내다본 것이었다.

당장 남은 노르앙 후작가의 잔당을 소탕하기 바쁜 만큼 다음을 대비하는 것은 바람직한 행동이다.

"계획대로 진행한다. 모든 권한은 네게 맡기도록 하겠다."

"믿어주셔서 감사합니다."

전폭적인 그의 지지에 질렛이 고개를 깊이 숙였다.

두 여인과 식사를 마친 티엘은 오랜만에 마리아를 찾았다. 오랜만에 보는 아들을 반갑게 맞이한 그녀는 손수 우려낸 차를 따라주면서 이런저런 이야기를 나누었다.

그중 가장 초점을 맞춘 것은 결혼에 관한 것이었다.

"그래, 이제 마음은 정한 거니."

"예, 제 나이도 혼인 적령기를 지나고 있는 만큼 어머니의 뜻을 따르겠습니다."

"잘 생각했다. 로웰린이나 크레티아 모두 아름다운 미모에 재능을 겸비한 여인이지. 네게 무척 잘 어울리는 여인이라 생각한단다."

"저도 싫은 것은 아닙니다."

"여자에 관심이 없는 게 걱정이 되어서 그렇지. 이번 원정 같은 경우도 결혼을 하지 않은 귀족이라면 가신들이 필사적으로 반대했을 거라다."

막말로 티엘이 전장에서 목숨을 잃으면 헤인조 지방을 이끌 인물은 어디에도 없다.

실비아가 있지만 그녀는 여자였고, 한 지방을 이끌어갈 만한 역량을 보여주지 못했다.

결국 헤인조 지방은 여러 갈래로 찢어진 채 호시탐탐 기회를 노리는 타 지방의 제후들에게 흡수되었을 것이다.

"후사가 든든해야 가문의 일도 마음껏 할 수 있단다."

"명심하겠습니다."

홀가분하게 손을 떼려던 티엘과 정반대의 말이었지만 마리아는 그의 의도를 반대로 해석하고는 결혼을 시키기 위해 재촉했다.

"조만간 체스너 상단의 카롤리나가 온다고 했으니 그때 끝맺지 못한 맞선을 할 생각입니다. 그리고 최종적으로 결론을 내리겠습니다."

"알았다. 그런데 맞선이 끝난 게 아니었니?"

"저도 그렇게 생각했는데 카롤리나는 아니라더군요. 다시

저와 맞선을 보고 싶다고 했습니다."

"그렇구나, 후후."

앙큼한 그녀의 속내를 눈치챈 마리아는 입가에 미소를 지었다.

카롤리나와 다시 맞선을 보게 된 것은 그리 오래 지나지 않아서였다.

아스트롱 공작령에서 업무를 모두 끝낸 그녀가 곧장 헤인조 지방으로 이동했던 것이다.

로운 백작령에 도착하기 무섭게 다시 맞선을 보자고 제안한 그녀는 사흘 후, 한적한 고급 음식점에서 티엘을 만났다.

"오랜만에 뵈어요."

"그렇군. 가문의 식당도 좋은데 굳이 이곳에서 만날 이유가 있나?"

가벼운 푸념이었지만 마이페이스인 카롤리나는 그 부분을 그리 신경 쓰지 않았다. 오히려 입가에 미소를 지으며 웃음을 흘렸다.

"여러 가지 불안요소가 있어서요, 후후."

"바람도 쐴 수 있으니 상관은 없겠지. 그런데 저번의 맞선에서 필요한 이야기는 모두 한 걸로 아는데?"

"그래도 백작님과 여러 이야기를 나누고 싶었어요."

친근감을 듬뿍 표현하는 카롤리나였지만 티엘은 묵묵부답이었다.

마치 자신의 말이 무엇을 의미하는지 알아차리지 못하는 것처럼 말이다.

'괜찮아, 난 이게 더 나으니까.'

어딘가에 두각을 드러내면 다른 부분은 미진하게 마련이다.

비록 여자의 감정을 파악하지 못하고 표현함에 있어 배려가 보이지 않지만 그것은 의도한 것이 아니라 모르고 한 것에 지나지 않는다.

그 정도 단점쯤은 커버하고도 남을 무수히 많은 장점이 티엘에게는 존재했다.

'바람둥이보다 낫지.'

그렇게 생각하니 속이 편해지는 카롤리나였다.

여자의 마음을 뒤흔들 수 있는 요소를 모두 갖춘 것이 바로 티엘이었다.

잘생긴 외모뿐만 아니라 든든한 가문의 주인이고 제국에서, 나아가 대륙에서 손에 꼽히는 힘을 지니고 있다.

이 시대의 가장 중점인 힘을 갖고 있는 그는 모든 여인들이 가장 원하는 남성이었다.

'반드시 붙잡겠어.'

이미 그의 곁에 로웰린이나 크레티아가 있지만 능력 있는 남자에게 그것은 큰 흠이 아니었다. 오히려 남자로서 능력이 부족하지 않다는 것을 증명할 뿐.

'가장 큰 지분을 얻는 건 나야.'

상인 가문에서 태어났고, 하는 일도 상인이기에 애정을 계산하는 방식도 그러했다.

"저는 백작님에게 관심이 많아요. 이게 애정인지 확신은 하지 못하겠어요. 하지만 그것이 호감에 가깝다는 건 사실이에요. 좋아하는 사람과 더 많은 대화를 나누고 싶은 것은 자연스러운 감정의 발로라고 생각해요."

당당하게 말을 하는 카롤리나에게서 눈부신 빛이 쏟아져 나오는 듯했다.

"그럼 무슨 이야기를 하고 싶지?"

하지만 대화 스킬은 제로.

맥이 뚝 끊겼지만 그녀는 개의치 않고 궁금한 점을 드러냈다.

"저는 백작님이 어떻게 그토록 강한 무위를 지니신 건지 궁금해요. 대부분의 마스터는 중년의 나이에 접어드는데 백작님은 서른이 되시기도 전에 절대강자의 반열에 오르셨잖아요?"

"예민한 질문이군."

"이제 곧 결혼할 사이인 걸요."

천연덕스럽게 넘겨 버리는 모습에 티엘은 픽하니 웃으며 말했다.

"물어보니 대답을 하도록 하지. 같은 수련을 지독하게 반복하면 된다."

"반복이요? 물론 몸에 익숙해질 때까지 수련을 하는 건 중요하다고 들었지만 그 정도로는……."

"몸에 새기는 것이 아니다. 반복에 반복, 수십 가지로 이루어진 동작이 어느 순간 하나로 이어지면서 그것이 자연스러워질 때 남들이 막아낼 수 없는 검이 만들어지지. 몸에 새기는 것이 아니라 영혼에 검을 새긴다고 할 수 있군."

다른 사람이 그런 말을 하면 허황된 말이라고, 거짓이라고 몰아붙일 수 있겠지만 티엘의 말인 만큼 무시할 수 없는 조언이 되었다.

"와아, 너무 멋진 말이에요."

눈을 반짝이며 하는 말에 티엘은 옅은 미소를 짓다가 자신의 행동을 자각했다.

'이래서 정보를 술술 부는 것이로군.'

그녀와 비할 바는 아니지만 술을 마신 남자들이 왜 술술 정보를 흘리는 것인지 이해할 수 있었다.

자신을 인정해 주고, 호응을 맞춰주면 저도 모르게 기분이 좋아져서 있는 사실 없는 사실을 모두 말하게 되는 것이다.

"질문에 대답을 했으니 이제 내 차례로군."

"얼마든지 질문하세요. 제 모든 것을 털어놓을 준비가 되어 있어요."

도발적인 그녀의 대답에 티엘은 피식 웃으며 질문을 던졌다.

"왜 나와 결혼을 하려고 하는지 궁금하군."

"왜요? 백작님은 누구보다 훌륭한 신랑감이신데."

"여자의 말을 맞춰줄 줄 모르고, 분위기 파악도 되지 않고 배려를 찾아볼 수 없다. 세상 사람들은 나를 이렇게 말하더군."

"……."

"여자에게 있어 최악의 상대라고 평가받는 나와 결혼을 하려고 하니 궁금할 수밖에 없지."

모르는 척하고 넘어가 주면 좋을 텐데.

기어코 자신의 속내를 밝히길 원하는 말에 카롤리나는 쓴웃음을 짓고는 한숨을 푹 내쉬었다.

"하아, 솔직하게 말씀드릴 수밖에 없네요. 여러 가지로 설명할 수 있겠지만 한 단어로 표현하자면 자존심이에요."

"자존심?"

"저는 자존심이 굉장히 강해요. 당장 제국사대미녀라는 타이틀만 해도 저를 제외한 다른 분들은 모두 고위 귀족 출신이죠. 그녀들의 미모와 재능이 뛰어나지만 가문의 후광도 없지 않아 있어요."

그녀의 음성에는 자부심이 서려 있었다. 겉으로는 제국사대미녀라는 타이틀에 크게 신경 쓰지 않는 것처럼 보였지만 그 이면에 깔린 자신감이 느껴졌다.

"하지만 저는 달라요. 어린 시절부터 아버지를 따라 상단의 업무를 느꼈고, 제 스스로 능력을 보이고자 노력을 했어요. 그리고 마침내 제국사대미녀라는 타이틀을 얻었죠. 이 과정에서 무수히 많은 질투와 음해가 있었지만 저는 견뎌냈어요. 이 타이틀이 저를 더 빛내주고 제 활동 폭을 늘려줄 수 있다고 믿었기 때문이죠."

자신의 능력으로 얻어낸 것인 만큼 그 타이틀에 대한 애착이 강했다.

"그래서 결혼을 해야 한다면 제 자존심이 허락하는 남자여야 한다고 생각했어요. 단순히 고위 귀족 가문의 공자가 아니라 자신의 능력을 세상에 떨치고 제 능력을 인정해 줄 수 있는 그런 남자 말이죠. 그런 제 앞에 나타난 것이 백작님이셔요."

"확실히 모든 면에 부합하는군."

"물론 제가 백작님에 비해 많은 것이 부족하다는 걸 알아요. 하지만 그 부족함을 채울 수 있도록 노력할 자신이 있어요. 저는 마음이 가면 사랑도 따라온다고 믿고 있어요. 백작님은 이런 제가 너무 계산적이어서 싫으신가요?"

티엘이 조용히 고개를 저었다.

"솔직한 여자를 싫어하지 않는다. 내숭을 떨고 뒤에서 날 욕하기 바쁘던 여자들보다 훨씬 낫군."

"정말요?"

"어디까지나 내 생각일 뿐이다. 어머니께서 그 말을 듣고 어떤 생각을 하실지 모르겠군. 내 의사로 모든 것을 결정할 수 있지만 어머니가 반대한다면 나도 고집할 생각은 없다."

그것은 마리아에게 잘하라는 경고였다. 눈치가 빠른 카롤리나는 무엇을 뜻하는지 알아차리고는 고개를 끄덕였다.

"잘할게요."

"그럼 됐다."

그렇게 맞선은 끝났다.

카롤리나에게도, 그녀의 새로운 일면을 볼 수 있게 된 티엘에게도 모두 만족스러운 순간이었다.

로웰린은 예상치 못한 티엘의 부름에 어리둥절한 표정을 감추지 못했다. 평소 자신을 찾지 않던 그가 갑작스러운 행동을 보이니 당최 무슨 의도인지 이해가 되지 않았다.

"갑자기 무슨 일이세요?"

"남쪽으로 갈 예정이다. 그러니 준비를 하도록."

"네? 남쪽이요? 갑자기 그게 무슨 말씀이세요?"

남쪽으로 가는 것은 그렇다 쳐도 무슨 일로 자신도 같이 가자고 하는 것인지 알 수 없었다.

"음, 내가 자세한 연유는 설명하지 않았군. 자리에 앉도록."

티엘의 권유에 로웰린은 자리에 앉아 그를 빤히 바라보았다. 무슨 이유로 자신에게 그런 말을 하려고 하는 것인지 얼굴 가득 의아함을 담은 채.

"드루웡 백작을 보러 갈 것이다."

"아버지를… 요?"

알 수 없는 기이한 위화감이 전신을 휘감는 걸 느끼며 그녀가 물었다.

"가서 할 이야기가 있다. 그 자리에 너도 같이 갔으면 한다."

"중요한 일인가요?"

"중요한 일이다."

"……."

심각함이 묻어나오는 어조에 그녀의 표정도 덩달아 굳어 갔다.

대체 무슨 일이기에 이토록 사람을 불안하게 만드는 것이란 말인가.

"나쁘거나 그런 건 아니죠? 아버지가 무슨 잘못이라도 저지른 건가요?"

"설명을 들어보도록. 그동안 생각을 해보니 서로 장래를 약속했을 뿐, 한 가지 절차가 잘못되었더군. 그래서 그 부분을 이제라도 바로잡으려고 한다."

"……."

"너와 함께 드루윙 백작을 찾아가 정식으로 인사를 하고 허락을 구할 생각이다."

"아!"

그제야 티엘이 무슨 말을 하고자 하는지 알아차린 로웰린이 멍한 눈으로 그를 바라보았다.

자신은 그것을 알아차리지 못한 채 부정적으로 생각을 하고 있었다.

'바보, 멍청이.'

늘 무뚝뚝한 모습을 보인다고 해서 이 부분에 대한 기대를 완전히 배제한 자신이 한심하게 여겨졌다.

"싫나?"

"조, 좋아요. 제 생각을 해주셔서 감사해요."

"마음에 든다고 하니 다행이군. 최대한 빠르게 남쪽으로 떠나고 싶은데 언제쯤이 좋다고 생각하지?"

"백작님이 정해주시는 그때 가도록 할게요. 다시 한 번 감사드려요."

"감사할 것 없다. 그럼 일정이 정해지는 대로 통보하도록 하지."

"네, 기다릴게요."

감사한 마음이 피어나면서 그녀의 입가에 환한 미소가 걸려 있었다.

카롤리나를 만난 뒤 문득 생각이 미친 것이 아스트롱 공작령에 가면서 그의 허락을 구했지만 드루윙 백작에게 그러한 절차를 생략했다는 점이다.

비록 그가 헤인조 지방 남부의 영주이고, 자신의 휘하 영주가 되었지만 엄연히 딸을 맞이하는 것인 만큼 중요한 절차가 생략된 걸 알게 되었다.

"나도 많이 바뀌었군."

예전이라면 머리로 알고 있었음에도 넘어갔을 사안이었다.

그런데 그것을 뒤늦게 깨닫고 바로잡으려 하는 행동은 검을 익히는 것에서만 보였을 뿐, 다른 곳에서는 보이지 않았다.

하지만 반드시 필요한 절차였고, 주변을 모두 정리하였기에 헤인조 지방 남부의 발전한 모습을 볼 겸 드루윙 백작에게 가는 것을 결정하였다.

티엘은 토릭슨을 불러 자신의 뜻을 전달했다.

"드루윙 백작을 보러 갈 것이다."

"갑자기 그게 무슨 말씀이십니까?"

"로웰린을 얻어야 하니 아버지인 그의 허락을 받아야겠지. 그동안 남부 지방이 얼마나 발전했는지 두 눈으로 볼 겸해서 갈 생각이다."

"하, 주군께서 그런 말씀을 하실 줄 몰랐습니다. 제이론이 그러더니 바뀌셨군요."

"좋은 뜻으로 하는 말인가?"

"물론입니다. 주군께서는 느끼지 못하고 계시지만 점점 이상적인 군주로 그 형태가 바뀌어가고 계십니다. 비록 일 처리를 모조리 가신들에게 떠넘기지만 그것은 휘하 가신들의 능력을 믿어주는 형태로 받아들일 수 있습니다."

"그렇군. 너도 같이 간다."

그 말은 예상치 못한 토릭슨이 멍청한 표정을 지으며 되물었다.

"예? 갑자기 저는 왜 그러시는지."

"갈굴 사람이 없어서."

"켁! 그, 그게 무슨 말씀이십니까."

천연덕스러운 그의 대답에 토릭슨은 질린 표정으로 뒤로 물러났다.

"빠져나갈 수 있다고 생각하나?"

"으, 으으. 저는 이곳에서 해야 할 일들이 있습니다."

티엘이 싫은 것은 아니지만 그의 갈굼 대상이 되면 숨이 턱턱 막힐 정도로 무시무시한 압박감에 시달리고는 한다. 어떻게든 빠져나가고자 머리를 굴리고 있었지만 한 번 정해진 사실을 뒤로 물리는 것은 불가능했다.

"이 기회에 남부 전선을 재편성할 것이다. 소수 민족과 사막 부족의 이해관계를 조율할 수 있는 인물이라면 너나 제이론밖에 없는데 제이론은 오랜 여행으로 지쳐 있으니 네가 적합하겠지."

"클리멘트 남작님도 있습니다!"

얼마 전 합류한 클리멘트 자작은 티엘에게서 남작의 작위를 수여받고 작은 영지를 내어주어 승계가 가능한 귀족으로 만들어주었다.

단승 작위였던 그가 가문을 열 수 있는 승계 귀족이 되었으니 비록 작위가 낮아졌어도 오히려 대우가 높아졌다는 걸 의미했다.

뿐만 아니라 오랫동안 가문에 헌신한 토릭슨, 제이론에게도 각각 성을 하사하고 영지를 내어준 상태였다.

"이제 영지 상황을 파악하고 있는 사람을 궁지로 몰아넣을 생각은 아니겠지?"

"후, 제게 빠져나갈 길은 처음부터 없었던 것 같습니다. 알겠습니다. 제가 남쪽으로 가도록 하겠습니다. 이제 막 천국이 펼쳐드는가 싶었더니……."

"맞선이라면 다녀온 뒤 얼마든지 볼 수 있으니 마음 놓도록. 제이론과 겹치면서 여러 가지로 좋지 않은 영향을 끼치는 중이니까."

"끙, 알겠습니다."

티엘을 최측근에서 보좌하는 자신들의 존재가 널리 소문나면서 벌써부터 각지의 유력 가문에서 혼담이 들어오고 있는 상황이었다.

문제는 맞선 상대가 자신과 제이론이 겹친다는 점. 그리고 열 여자를 마다하지 않는 성격 때문에 문제가 발생할 수 있다는 것도 알고 있었다.

티엘이 자신을 데려가는 이유 중 하나가 그것 때문이란 걸 알아차린 토릭슨은 거절할 수 없었다.

제8장
결혼 준비

드루윙 백작령으로 향하는 내내 로웰린의 표정은 환하게
밝혀져 있었다.

　　청초한 그녀의 미소는 주변마저 밝히는 마력을 품고 있었
고, 지켜보는 사람들은 감화되어 저마다 조용히 미소를 지을
수 있었다.

　　"그동안 많이 답답했나 보군."

　　"그런 건 아니고, 오랜만에 아버님을 뵌다는 게 기뻐서요."

　　살며시 미소를 짓는 그녀를 보고 있으면 마음이 차분하게
가라앉는 기분이었다.

티엘은 마음속에서 꿈틀거리는 작은 파동이 무엇인지 알 수 없었지만 한 가지만큼은 분명했다.

지금 그녀의 미소가 자신에게도 긍정적인 영향을 끼치고 있단 걸.

"앞으로 그런 마음이 들면 얼마든지 말하도록. 그 정도를 가로막을 만큼 내가 속이 좁아 보였나?"

"그럴 리가요."

'호시탐탐 기회를 노리고 있는 크레티아 때문에 어쩔 수 없었다고요.'

자신보다 어리고 화려한 미모의 그녀가 당장 티엘을 덮칠 것처럼 기회를 엿보고 있었으니 자리를 비운다는 것은 상상도 할 수 없는 일이었다.

결과가 좋게 풀어져서 다행이었지만 앙큼한 크레티아의 돌발 행동은 감당하기 힘든 것이 사실이었다.

그들이 탄 마차는 오 년 전 개척된 평야를 지나고 있었다. 티엘이 창밖으로 비치는 밀들을 바라보며 중얼거렸다.

"많이 발전했군."

"원래는 이렇지 않았나 보네요."

"버려진 채 방치되었다. 그전에는 인구가 많지 않으니까."

헤인조 지방을 비롯한 남쪽 지방에는 인구 밀집도가 그리

높지 않았다. 때문에 지방 영토의 규모가 굉장히 크고, 미개 척지가 많았다.

티엘은 지속적인 유민 유입 정책을 펼치고, 가스론 자작이 세밀한 부분까지 관리를 하였기에 근 십 년 사이에 폭발적인 인구 증가를 겪게 되었다.

그 결과 생산량이 폭발적으로 증가하기 시작했고, 몇 년 동안 전쟁을 치러도 무리가 가지 않을 만큼 풍부한 군량을 축적시킬 수 있었다.

"남쪽은 더 심하지."

"아버님이 계신 곳도요?"

"소수 민족과 사막 부족의 위협에 시달렸을 것이다. 병력을 이끌고 갔다 하더라도 그것을 위협으로 받아들여 더 경계를 했겠지. 낙후된 그곳을 발전시키고 협력을 이끌어낸 드루윙 백작의 수완이 대단하다는 뜻이다."

"아버지가 무능하다는 소리를 들어본 적은 없었어요. 중앙 정계에서도 언제나 제 목소리를 내시던 분이었으니까요."

대답하는 로웰린의 음성에는 당당함이 자리하고 있었다.

그 기대를 깰 생각이 없었기에 티엘은 담담한 표정으로 고개를 끄덕였다.

"드루윙 백작을 받아들인 나의 판단이 옳은 것 같아 기분이 좋군."

"고마워요. 저도 처음 보았던 백작님보다 지금의 백작님이 더 다정해지신 것 같아서 좋아요."

속삭이듯 말을 하는 그녀의 얼굴은 붉게 달아올라 있었다.

정작 그 이야기를 들은 티엘은 의아한 표정을 감추지 못하고 되물었다.

"내가 다정하다고?"

"네, 모르고 계셨나요?"

"전혀. 내가 다정하다는 말을 들을 줄 몰랐군."

맞선을 본 뒤 꼬리표처럼 따라다니던 것이 여자의 마음을 알아주지 않는다라는 평가였는데.

"그것은 지나치게 여자의 입장에서 반영된 말이라고 생각해요. 저는 다른 면에서 백작님이 다정해졌다고 생각하고 있어요."

"어떤 거지?"

"당장 꼽자면 이렇게 아버님을 보러 가는 것도요. 절차상 필요하다고 느끼셨겠지만 백작님께서는 아스트롱 공작 전하를 뵙고 허락을 구하면서 제 생각이 나서서 이렇게 행동하신 거라 생각해요. 그 행동 자체가 제게는 배려고, 다정함이 되는 거죠."

"……."

정확하게 자신의 속을 꿰뚫어 보는 말에 티엘은 표정을 굳혔지만 오래 이어지지는 않았다.

이제 자신의 사람이 될 그녀가 자신에 대해 파악하고 있다고 해서 크게 문제될 이유는 없었다.

오랜 시간 함께 해왔지만 토릭슨마저 파악하지 못한 부분을 짚어내는 것을 보면 여인의 육감이 무섭다는 말을 일부분이나마 이해할 수 있었다.

"그렇군. 좋게 생각했다면 다행이다."

"네, 저는 조금씩이지만 이렇게 바뀌는 백작님의 모습이 즐거워요."

그 말과 함께 미소를 지으며 바깥 풍경을 지켜보는 로웰린이었다.

잠시 그녀의 옆얼굴을 지켜보던 티엘은 입을 닫고 침묵을 지켰다.

끝없이 펼쳐진 개척지는 오랫동안 마차 풍경에 자리하고 있었다.

드루윙 백작은 갑작스러운 티엘의 방문 소식에 당혹감을 감추지 못했다.

헤인조 지방 남부를 성공적으로 개척했다고 알려진 이 시점에서 그의 방문 소식은 어떠한 정치적 의도가 있었는지 휘하 가신들도 각각 다른 방향으로 해석하며 대비할 것에 목소리를 높였다.

클레디오 백작과 동수를 이루면서 그 위상이 전과 비교할 수 없을 정도로 상승하였기에 느낄 수밖에 없는 부담감이었다.

일각에서는 남부 지방 개척의 기초를 닦았으니 그곳을 빼앗으려 한다는 말이 나올 정도였다.

"어서 오십시오."

트집 잡힐 일을 하지 않고자 성이 도달하기 전에 마중을 나온 드루윙 백작이 정중하게 말을 건넸다. 이제 곧 사위가 될 인물이지만 그 관계를 떠나 헤인조 지방의 휘하 영주였다.

"오랜만입니다."

"예……."

이전과 다른 정중한 대답에 드루윙 백작은 순간 할 말을 찾지 못한 채 얼떨떨하게 대답했다.

'갑자기 존댓말이라니?'

오만하기 그지없는 그는 리그디스 공작 앞에서도 불손한 태도를 보였던 인물이다.

무슨 의도를 품고 그러는지 알 수 없어 드루윙 백작은 속이 불편해지는 것을 느꼈다.

"아버지."

"그래, 오랜만이구나."

"네, 오랜만이에요. 전보다 더 안색이 밝아지신 것 같아 다행이에요."

"너도 표정이 밝구나."

"백작님 덕분이에요."

티엘과 나란히 서서 미소를 짓는 모습을 보면서 시집을 보낸 딸을 보고 왜 아버지가 쓸쓸함을 느끼는지 그 기분을 공감할 수 있는 드루윙 백작이었다.

그사이 그들은 서서히 도시 형태를 갖추고 있는 곳으로 들어섰다.

"아직 개척 초기 단계이지만 어느 정도 도시의 틀은 잡혀 있습니다. 안으로 들어가시지요."

"……."

드루윙 백작의 안내에 티엘은 좌우를 살피면서 침묵을 지켰다.

이전에는 간단한 전초기지만 존재하던 곳이 눈부신 발전을 이루고 있었다.

곳곳에 소수 민족과 사막 부족 출신으로 보이는 이들이 움직이고 있었고, 복작복작 몰려다니면서 와자지껄 떠드는 모습을 보니 도시 자체에 활력이 도는 기분이었다.

"도시 설계가 참 잘되었군."

"감사합니다. 개척 기지가 잘 건설되어 있기에 구획별로

차근차근 건설을 했습니다."

"성벽을 허문 것이 주효했군."

"예."

초기에는 소수 민족과 사막 부족의 공격을 막기 위해 성벽을 세웠지만 지금은 허물어 버려 흔적도 없이 사라져 있었다.

이것은 그들과의 거리를 좁히겠다는 의도로서, 지금까지 성공적으로 유지돼 오고 있었다.

임시로 사용하고 있는 영주관저로 안내한 드루윙 백작이 차를 내오게 하였다.

"넉넉하지가 않아 대접할 차도 여의치 않습니다. 소수 민족들이 재배하는 차인데 향이 좋습니다."

"나쁘지 않군요."

이상해도 너무 이상했다.

마치 목에 걸린 것처럼 티엘의 정중한 태도가 쉽게 익숙해지지 않았다.

"남쪽은 어떻습니까."

"좋습니다. 배려를 해주신 덕택에 소수 민족이나 사막 부족은 협력을 잘하고 있습니다. 이 추세면 이십 년 후, 남부의 중심지로 도약할 수 있을 것입니다."

"보고에도 그렇게 올라온 것을 확인했습니다."

"……."

기이한 침묵이 집무실을 지배해 나갔다.

원래 말이 없는 티엘도, 어떤 말을 해야 할지 감을 잡지 못한 드루웡 백작도 입을 열지 못했다.

그 침묵을 깬 것은 로웰린이었다.

"아버지, 잘 지내시는 거죠?"

"응? 그, 그래."

"개척도 중요하지만 건강에 신경을 쓰세요. 좋은 혼처가 있으면 재혼도 하시고요."

"허허, 이 나이에 재혼이라니. 사람들이 주책이라고 할 것이다."

"가문을 이어야 하잖아요. 지금이라도 늦지 않았다고 생각해요."

"생각해 보마."

고개를 끄덕인 드루웡 백작은 힐끔 티엘의 눈치를 살폈다.

그의 머릿속을 채우고 있는 것은 휘하 귀족들이 하던 말들이었다.

이제 필요성이 떨어졌고, 남부 지역은 알아서 발전을 하게 되어 있다.

냉정한 귀족의 세계는 자신의 이익을 위해서라면 약속쯤은 얼마든지 저버릴 수 있다.

"이곳에 찾아온 것은 전할 사실이 있어서입니다."

"말씀하시지요."

점점 고조되는 긴장감.

자각하지 못한 사이 이마에 송골송골 땀이 맺힌 그는 이어질 티엘의 말에 모든 신경을 집중했다.

"로웰린과의 견혼을 허락받기 위해 찾아왔습니다."

"예?"

"말 그대로입니다. 로웰린과 결혼을 하려고 합니다. 로웰린의 아버지인 드루윙 백작님의 허락을 구하고자 합니다."

"……."

다시 한 번 침묵.

하지만 그것은 좀 전과 전혀 다른 의미의 침묵이었다.

방금 전까지 무엇을 염려했던가.

바로 영지를 빼앗길 것을 걱정하고 앞으로의 앞날을 걱정하지 않았던가.

하지만 그 예상은 단지 기우에 지나지 않았다.

티엘이 이곳을 찾은 이유는 혼인을 허락받기 위함에 불과했다.

"아버지."

"이거 참, 괜한 오해를 하고 있던 것 같아 쑥스럽습니다."

"위치가 위치인 만큼 오해는 생길 수밖에 없습니다. 난 드루윙 백작님을 이곳에서 내칠 생각이 없습니다."

"이미 알고 계셨군요."

"그 정도 수를 꿰뚫어 보는 책사들은 있습니다."

"에조 남작과 슈마커 남작의 지략이 제국의 정세를 꿰뚫는다고 하더니 사실임을 알 수 있군요. 맞습니다, 제 휘하 가신들은 백작님의 변심을 걱정했습니다. 자칫 그동안 일군 기반을 빼앗길 수 있다고 여긴 것이지요."

가만히 앉아 있던 로웰린의 안색이 창백해졌다. 드루윙 백작의 태도가 이상하다고 느꼈지만 설마하니 그러한 계산이 이면에 깔려 있을 줄은 몰랐다.

"인망이라는 것은 쉽게 얻을 수 없으니 이대로 갈 것입니다. 나는 일거리가 줄어들길 원하지, 쓸데없이 늘어나길 원하지 않습니다."

"허허, 괜히 혼자 착각을 했으니 부끄럽기만 합니다. 그나저나 로웰린과의 결혼을 허락해 달라고 하셨지요? 그것은 로웰린의 대답으로 이미 결정된 사안이라고 생각합니다. 로웰린, 너의 대답을 듣고 싶다."

화살은 로웰린에게 돌아왔다.

그녀는 두 남자의 시선이 자신에게 집중되자 수줍은 표정으로 고개를 숙인 뒤 말했다.

"전 저희가 어려울 때부터 아무 말 없이 도와주신 백작님이 좋아요. 아버지가 제게 결정할 권리를 주신다면 로운 백작님을 평생 모시고 싶어요."

"…그래, 그것이 네 마음이란 걸 알겠다. 아버지로서, 가문의 어른으로서 네 결정을 존중하고 결혼을 축복하도록 하겠다."

"고마워요, 아버님."

"아니다."

고개를 살짝 젓는 드루윙 백작의 표정은 어딘가 쓸쓸함이 배어 있었지만 그것이 결혼 결정을 방해할 만한 요소가 되지는 않았다.

허락을 받은 로웰린은 더 이상 자신이 있으면 안 될 분위기임을 눈치채고 자리에서 일어났다.

"저는 잠시 나가볼게요. 이야기 나누세요."

예를 취한 뒤 밖으로 나가니, 티엘의 시선이 드루윙 백작에게 향했다.

"향후 일정에 대해 간략하게 이야기를 드리겠습니다."

"안 그래도 직접 뵈어 드리고 싶은 말이 많았습니다."

둘의 대화는 오랫동안 이어졌다.

드루윙 백작과 면담을 마친 뒤 티엘을 맞이한 것은 남쪽으로 파견되었던 그윈과 실비아였다.

남부로 파견된 그윈은 소수 민족과 사막 부족의 의견을 조율하는 역할을 맡았다. 최종 결정권은 드루윙 백작이 갖되, 무력이 필요한 부분에서 그윈이 힘을 보태는 방식으로 일이 이루어졌다.

직접 나설 만한 상황이 벌어진 적은 없지만 그의 위명이 혜인조 지방에 널리 알려져 있었기에 대부분 적당한 선에서 해결이 되었다.

그는 오랜만에 보는 티엘을 보며 반가운 표정을 감추지 못했다.

"주군! 오랜만에 뵙습니다."

"잘 지내고 있나 보군."

"하, 하하. 예, 잘 지내고 있습니다. 아주 잘 지내고 있지요."

표정이 급속도로 어두워지면서 어색하게 웃음을 짓는 그윈이었다. 티엘은 그 모습에 아랑곳하지 않고 실비아에게 시선을 옮겼다.

"적응에 힘들지는 않고?"

"이이가 있는데 힘들 게 뭐가 있겠어요. 저희는 이곳에서 잘 지내고 있답니다. 그나저나 오라버니는 이곳에 무슨 일이세요?"

오랜만에 본 실비아는 상당히 바뀌어 있었다.

결혼을 해서인지 전보다 더 차분하고 눈빛이 깊어져 있었다.

잠시 그녀의 눈을 응시하던 티엘은 드루윙 백작이 기거하고 있는 곳을 가리키며 말했다.

"로웰린과의 결혼을 허락받기 위해 왔다."

"허락을요? 오라버니가요?"

실비아가 눈을 동그랗게 떴다. 자신이 아는 티엘이 이런 반응을 보이리라고 미처 생각지 못한 것이다.

"이상하냐?"

"네? 그, 그야 물론이죠."

"그렇군. 다들 내가 바뀌었다고 하던데."

"당연하죠. 예전의 오라버니라면 과연 결혼을 허락받기 위해 이곳에 왔을 것 같아요? 그런 생각을 한 것만으로도 오라버니는 바뀐 거예요."

"지금 이 모습이 더 낫겠지."

"당연하죠. 아주 보기 좋아요."

입가에 미소를 지은 실비아가 티엘을 거듭 칭찬하였다.

여자관계에 있어 최악이라고 할 수 있는 그였지만 이렇게 개선될 줄 몰랐다.

결혼을 허락받기 위해 움직였다는 것.

그 하나만으로 충분했다.

"조만간 결혼을 할 것이다. 그때가 되면 가문에 들르도록. 어머니도 널 보고 싶어 하신다."

"그래요? 난 이곳도 좋지만 오라버니의 청을 받아들여 가도록 할게요, 호호."

입가를 가리면서 정숙한 귀부인 흉내를 내는 실비아를 보며 티엘은 고개를 살짝 저었다.

언제 보아도 저 가식적인 모습은 익숙해지지 않았다.

이런저런 이야기를 하다가 실비아는 저녁 식사를 차리겠다는 말과 함께 자리를 벗어났다.

졸지에 둘만 남게 되자 어색한 침묵이 내려앉았다.

조심스럽게 티엘의 눈치를 보던 그윈이 어렵게 입을 열었다.

"…주군."

"말하라."

"한 가지 여쭤봐도 되겠습니까?"

"뭐지?"

"저를 이곳 남부로 파견하신 이유가 무엇인지 궁금합니다."

"경험을 쌓기 좋더군. 소수 민족과 사막 부족, 그리고 가문의 이해관계에 서서 조율하는 것은 아무나 할 수 없는 경험이다. 렉스터 남작은 네가 좀 더 많은 경험을 쌓아 가문의 대들보가 되길 원하더군."

"하, 하하! 그렇습니까?"

"그래서?"

그윈의 말이 이것이 끝이 아님을 알고 있었기에 티엘이 물었다.

잠시 머뭇거리던 그는 결심을 굳힌 듯 이를 꽉 물며 말했다.

"주군에게 부탁드리고 싶은 것이 있습니다. 저를 다시 가문으로 불러주시면 안 되겠습니까?"

"왜지?"

"이곳에서의 경험도 좋지만 수련을 함에 있어 큰 도움이 되지 못합니다. 무엇보다 실비아가 이런 구석에 있는 것은 안 좋지 않습니까? 하, 하하."

스스로 웃음을 흘려놓고 어색하다는 것을 알고 있는 그윈이었지만 티엘을 응시하는 두 눈에는 간절함이 담겨 있었다.

"아까 실비아는 좋다고 하지 않았던가?"

"주군께 심려를 끼쳐드리지 않기 위해 그렇게 말을 했지만 여러 가지 어려움이 있습니다. 특히 실비아가 다른 곳에 정을 붙일 곳이 많지 않다는 점이 악재로 작용하고 있습니다. 제 업무를 보조해 주고 있지만 많이 외로워하고 있습니다."

"……."

티엘은 아무 말도 하지 않았다. 무표정한 그의 얼굴이 어느 쪽으로 결정을 내릴지 몰라 그윈은 초조한 표정으로 그를 바라보고 있었다.

"토릭슨이 이런 말을 하더군."

"예?"

"부부가 너무 오랫동안 붙어 있으면 좋지 않다고. 특히 남자 입장에서 더더욱 그러하다고 하더군."

"헉!"

정곡을 찔린 그윈은 저도 모르게 헛바람을 집어삼켰다.

뒤늦게 표정을 관리하려고 했지만 티엘의 앞에서 숨기는 것은 불가능한 일이었다.

"실비아의 성격을 고려하면 숨조차 제대로 쉬지 못하도록 압박을 했겠지."

"주, 주군!"

"내 말이 틀린가?"

"…맞습니다. 죄송합니다, 주군."

"아니, 완전히 이해할 수 없겠지만 어느 정도 짐작이 되는군."

실비아의 꼼꼼한 성격을 겪어봤기에 그윈이 겪고 있는 어려움이 무엇인지 알 수 있었다.

그녀는 상대로 하여금 숨조차 제대로 쉬지 못하게 압박하는 무언가가 있었다. 그것은 자신의 완벽함을 다른 사람도 닮게 만들려고 하며, 따라가지 못하면 지나칠 정도로 다그치는 경향이었다.

그윈도 그것을 겪었을 것이다.

본인의 역량이 이제 막 꽃을 피운 시점에서 남부 전선의 총괄을 맡았으니 실비아가 곁에서 이것저것을 도왔을 것이고, 완벽하게 수행하지 못한 그를 다그쳤을 것이다.

답답하고 숨이 막혔을 것이 눈에 그려졌다.

그 기간이 길지 않지만 티엘은 그동안 말라 버린 그윈을 보며 대강의 사정을 짐작할 수 있었다.

"당분간 남부 전선 총괄에서 뺄 수 없다."

"그렇습니까……. 괜찮습니다. 주군께서 그렇게 말씀해 주신 것만으로도 힘이 납니다."

잠시 실망의 기색을 드러냈지만 잠깐일 뿐이었다. 그윈은 티엘의 위로로 힘을 얻은 듯 밝은 표정을 지었다.

"하지만 실비아는 불러들일 수 있겠지."

"그게 정말입니까?"

"가문으로 돌아가면 본격적으로 결혼 준비를 할 것이다. 어머니가 계시지만 꼼꼼한 실비아가 있다면 준비에 차질을 빚을 일은 없겠지. 그럼 네가 움직일 폭도 어느 정도 생길 것이다."

"감사합니다, 감사합니다! 주군."

감동한 그윈은 당장이라도 눈물을 흘릴 것처럼 거듭 감사의 인사를 건넸다.

"네게 거는 기대가 크다는 것을 잊지 말도록."

"물론입니다. 평생 주군을 위해 검을 들도록 하겠습니다!"

힘차게 외치는 그윈의 모습에서 티엘은 문득 토릭슨이 그토록 외치던 유부남의 처절함이 저런 것인가 생각을 하게 되었다.

'그럴 일은 없겠지.'

결혼을 하려는 이유는 자신을 좋다고 말한 여인들이 있고, 어머니의 바람이기도 했지만 전생으로 돌아오기 전 해보지 못한 결혼 생활이란 것을 해보기 위함도 있었다.

절대 자신에게 그런 일이 오리라 생각지 않은 티엘은 그윈을 뒤로하고 걸음을 옮겼다.

헤인조 지방 남부 순방을 도는 데 두 달여가 걸렸다.

드루윙 백작이 개척한 곳곳을 둘러보고, 앞으로 어떤 방향으로 영지를 발전시킬지 이야기를 들었다.

북부만큼 광활한 면적을 자랑하는 남부는 아직 미개척지가 곳곳에 존재했다. 북부도 다 개척하지 못한 상황에서 남부 개척을 본격적으로 임하기 힘들지만 드루윙 백작의 계획대로 거점을 두고 발전을 하면서 점차 그 면적을 넓혀가는 방식은 굉장히 효율적이었다.

순방을 마치고 가문으로 돌아가던 날, 티엘의 마차에는 한 사람이 더 탑승해 있었다.

"그래서 카롤리나 영애와도 결혼을 하겠다고요?"

눈을 동그랗게 뜬 실비아는 놀라움을 드러냈다. 제국사대 미녀 중 하나이자, 체스너 상단의 실세인 그녀까지 티엘에게 시집을 오겠다고 선언할 줄 몰랐던 것이다.

"일단 마음은 그렇게 굳혔다."

"참 대단하네요. 내가 보기에 매너라고는 찾아볼 수 없는데, 역시 남자는 잘나고 봐야 하나 봐."

"아니에요, 백작님에게 얼마나 매력이 많으신데요."

옆에 앉아 있던 로웰린이 티엘을 두둔하고 나섰다. 본래 실비아와 친구 관계였지만 결혼이 확정된 지금, 그녀를 우대하는 입장에서 존댓말을 사용하고 있었다.

"벌써부터 남편 편을 드는 것 봐. 나도 남편 있거든? 홍이다."

"그런 건 아니고……."

실비아의 빈정거림에 로웰린이 얼굴을 붉히며 부끄러워했다.

"참 로웰린은 귀여워. 그렇지 않아?"

"그런 것 같군."

"우와, 오라버니가 참 많이 바뀌긴 했어. 예전에는 이런 말을 하면 대꾸도 하지 않았는데."

"기왕 결혼을 한다면 서로 기분이 좋아야 한다고 생각했을 뿐이다."

검을 수련함에 있어 효율성을 따지다 보니 연애에서도 자연히 그것을 생각하게 되었다.

실비아는 고개를 끄덕여 동의를 표했다.

"현명한 판단이에요. 결혼식 준비는 내가 빈틈없이 할 테니 나만 믿어요."

"이상하게만 하지 않으면 된다."

"에이, 내가 뭘 이상하게 한다고."

그러면서 고양이 같은 미소를 짓는 모습은 영락없는 음모를 꾸미는 자의 표정이었다.

"넌 표정에서 다 드러나서 문제다."

"에이, 아니라니깐."

"이상하게 하면 괴로워질 거란 것만 알아두도록."

"설마 이 예쁜 동생을 괴롭히려고?"

몸을 배배 꼬면서 말하는 모습에도 티엘은 표정 하나 바꾸지 않고 대응했다.

"넌 건드리지 못해도 그윈은 굴릴 수 있지."

"이, 이익! 비겁하게!"

"그래도 남편을 사랑하니 섣불리 장난을 치지는 못하겠군.

괜한 장난은 치지 마라. 가문의 위신을 세우고, 세력을 과시하는 자리다. 어설픈 장난은 모두에게 폐를 끼칠 수 있음을 알아라."

"알았어요, 알았어. 내가 어린애도 아니고 설마 장난을 친까 봐."

입술을 삐죽이며 고개를 홱 돌리는 실비아였다.

그 모습을 보며 티엘이 중얼거렸다.

'내가 보기에는 아직도 어린애다.'

때로는 침묵이 평화를 가져올 수 있다는 것을 오래전부터 깨달은 그였다.

남부 전선에 가 있던 실비아가 온다는 소식을 전해 들은 마리아는 그녀를 직접 만나고자 마중을 나왔다.

"어머니!"

"어서 오렴, 실비아."

마리아의 품에 안겨든 실비아는 오랜만의 해후를 나누었다.

감동에 겨워 눈물을 흘리는 그녀를 안으로 데려간 마리아는 일 년간이지만 그동안 쌓인 이야기를 나누기 시작했다.

"아직 임신은 하지 않았고?"

"…네."

"문제가 있는 건 아니지?"

"그런 건 아니에요! 다만 남부 전선에 할 일이 많다 보니 여유가 없었어요."

얼굴을 붉힌 실비아가 목소리를 높였지만 마리아는 차분하게 그녀를 설득했다.

"그래, 괜한 잔소리 같지만 티엘이 저러니 가문의 대를 잇기 위해서라도 네가 노력을 해야 한단다. 내가 무슨 말을 하고 싶은지 알지?"

"알고 있어요."

"그러니 너라도 노력하렴."

"칫, 이럴 때만 그래. 어차피 오라버니도 부인을 세 명이나 맞아들일 텐데."

입술을 삐죽이는 그녀였지만 입가에는 미소가 걸려 있었다.

마리아의 그러한 재촉이 이제는 아이가 아닌 가문의 의무를 져야 할 일원으로 대우해 준다는 것이 느껴졌다.

티엘이 결혼을 한다는 소식은 빠른 속도로 제국에 퍼져 나갔다.

제국 최강이라는 타이틀을 얻은 그가 제국사대미녀 중 두 사람인 로웰린과 크레티아를 동시에 맞아들인다는 사실은 사교계에 한동안 소란을 일으킬 만큼 커다란 사안이었다.

거기에 그치지 않고 체스너 상단의 카롤리나까지 시집을 갈 예정이니, 혼자서 제국사대미녀 중 세 사람을 신부로 맞이하게 되는 셈이었다.

미리아와 실비아는 결혼식을 준비하기 위해 분주히 움직이고 있었고, 티엘은 친교를 맺은 영주들에게 초대장을 보냈다.

혼란스러운 정국이기에 직접 오지는 못하지만 경사인 만큼 많은 귀족 가문에서 축하 사절을 보내왔다.

현재 로운 백작가는 레디븐 백작가, 아스트롱 공작가와 밀접한 관계를 맺고 있었다. 윈스터 후작가, 헤셀 백작가는 그리 원만하지 못했고, 위클린 공작과는 사이가 굉장히 좋지 못했다.

아스트롱 공작은 크레티아의 결혼식을 보기 위해 영지의 수습을 오비에른에게 맡기고 로운 백작령으로 올 것을 전달했다.

한 차례의 전란은 그로 하여금 이선으로 물러나 은퇴를 준비하게 해주었다.

가장 먼저 축하 사절단이 도착한 것은 황도에서 출발한 레디븐 백작 측이었다.

사절단의 책임을 맡은 카이후는 티엘을 찾아가 인사를 건넸다.

"카이후라고 합니다."

"레디븐 백작이 뛰어난 수하를 두었군."

"과찬이십니다."

"직접 보니 과찬이란 생각은 들지 않는군. 레디븐 백작이 제법 신경을 쓴 것 정도는 알 수 있다."

"주군께서는 백작 각하의 결혼을 축하드린다고 전하셨습니다. 조금 더 시간이 있으면 딸이 다 자라 시집을 보낼 수 있었을 텐데 하셨지만 미모가 부족하여 백작 각하의 기대를 충족시키기 어려울 거라 하셨습니다."

"미모는 중요하지 않지만 이제 갓 열 살을 넘은 귀족 영애를 받아들이면 내 평판이 아주 재미있어지겠지."

나이 차이가 많이 나는 정략혼인은 크게 욕을 먹을 부분이 아니었지만 티엘은 그런 부분에 대해서 그리 적극적인 모습을 보이지 않았다.

카이후는 웃음을 지었다.

"하하, 그래서 저도 필사적으로 반대를 했습니다."

"칭찬할 일이로군. 이쪽은 구면인가?"

티엘은 옆에 서 있는 토릭슨을 가리키자 카이후가 살짝 고개를 끄덕였다.

"예, 그렇습니다. 오랜만에 봅니다, 에조 남작님."

"저도 다시 뵙게 되어 반갑습니다. 여기는 이번에 새로 합류한 클리멘트 남작님입니다."

"레디븐 백작가에 두 개의 뇌를 지닌 분이 있다고 들었습니다. 뵙게 되어 영광입니다."

"클리멘트 자작님이시군요. 이제는 남직이 뇌셨으니 남작님이라고 하겠습니다. 저희 주군께서 라이오너 후작령으로 향하면서 남작님만큼은 반드시 붙잡아두어야 한다고 하셨는데 이렇게 뵙게 되어 참으로 안타깝습니다."

"그렇게 되었습니다."

마음이 움직이지 않았음에도 움직일 수밖에 없게 만든 티엘의 행동을 떠올린 클리멘트 남작은 어색한 미소를 지으며 대답했다.

그럼에도 카이후는 한동안 아쉬운 기색을 감추지 못하다가 티엘에게 고개를 돌렸다.

"제국 최고의 미녀들을 신부로 맞이하게 된 것을 축하드립니다. 제 주군께서는 앞으로도 백작 각하와 돈독한 관계를 맺길 원하십니다."

"먼저 적대하지 않는 이상 내가 움직일 일은 없을 것이다. 레디븐 백작 정도의 인물이라면 내가 말하고자 하는 것이 무엇인지 알 것이다."

"그리 전하도록 하겠습니다."

영주들의 동맹 관계는 언제든지 뒤집을 수 있는 성질의 것이지만 오랜 기간을 두고 관계를 개선해 온 양측은 서로 어느 정도 믿을 수 있는 인물들임을 알고 있었다.

어느 정도 축하 인사가 일단락이 되자, 지켜보고 있던 토릭슨이 나섰다.

"저는 카이후 님과 함께 앞으로의 정세에 대해 대화를 나누겠습니다."

"그리도록."

"자자, 남은 이야기는 저희와 하시지요. 제가 가문을 안내하도록 하겠습니다."

그 말과 함께 카이후를 일으킨 뒤 밖으로 나가는 토릭슨이었다.

카이후를 시작으로 곳곳에서 손님들이 방문했다.

그들의 방문 요청을 거절할 수 없었던 티엘은 한 사람씩 맞이하면서 축하 인사를 들어야 했다.

그리고 결혼식 일주일 전, 아스트롱 공작이 로운 백작령에 도착했다.

"먼 길 오시느라 고생하셨습니다."

"허허, 헤인조 지방이 낙후되었다는 소문을 접했는데 이 정도로 발전한 곳일 줄 몰랐소."

"아직 많은 발전이 필요한 곳입니다. 남부의 경우 아직 미개척지가 대부분입니다."

"남부까지 개척되면 그 힘이 어디까지 뻗어나갈지 모르겠소. 그동안 클루스 지방에 지내면서 얼마나 선입견에 빠져 있었는지 알게 되더구ᆞ"

"은퇴를 생각하고 계신다고 들었습니다."

예민할 수 있는 문제였지만 티엘이나 아스트롱 공작 모두 크게 신경을 쓰지 않았다.

"아무래도 그래야 할 것 같소. 이제는 기력도 부족하고, 더 젊은 오비에른이 있으니 당분간 조언을 해주면서 보조를 해주면 금방 내 몫을 해낼 수 있을 것이오."

"그동안 지쳐 있었으니 편히 쉬는 것도 좋은 방법입니다."

"그렇게 생각해 줘서 고맙소."

"은퇴하시면 이곳에 오셔도 됩니다. 괜찮은 관광지가 많습니다."

"그렇게 말해주니 한번 와보는 것도 나쁘지 않겠지. 크레티아는 잘 지내고 있소?"

오랫동안 보지 못한 딸의 안부에 궁금증을 드러내는 아스트롱 공작이었다.

그 질문을 예상한 듯 티엘이 고개를 끄덕였다.

"궁금하실 것 같아 불렀습니다."

"굳이 그렇게 하지 않아도 되는데……."

"아버지!"

속내를 겉으로 드러내지 않으며 중얼거리던 그의 귓가로 여인의 목소리가 틀어박혔다.

문 쪽에는 눈물을 글썽거리며 다가오는 여인이 있었다.

"그동안 잘 지냈느냐?"

"네, 잘 지냈어요. 아버지는 괜찮으시죠? 정말 괜찮은 거죠?"

쓰러지듯 아스트롱 공작의 품에 안긴 크레티아가 물기 어린 목소리로 물었다.

"나는 괜찮다. 그동안 더 예뻐졌구나. 사랑을 해서 그런 거냐?"

"아버지도 참. 이곳까지 오실 줄은 몰랐어요."

"너의 결혼인데 찾아가는 것이 당연하지. 너무 늦게 찾아와서 미안하구나."

"이렇게 와주신 것만으로도 고마워요."

"……."

오랜만에 만난 부녀의 상봉을 바라보던 티엘은 자리에서 일어나 조용히 벗어났다.

아스트롱 공작의 도착으로 올 만한 손님들은 모두 도착했다.

결혼식을 위해 최고조로 바빠질 무렵, 한 가지 소문이 로운 백작령을 강타했다.

클레디오 백작이 헤인조 지방으로 향한다!

이미 여러 차례 티엘과 검을 맞댄 적이 있는 클레디오 백작이 결혼식을 축하하기 위해 남하하기 시작했다는 내용이었다.

그것은 배를 타고 헤인조 지방에 들어선 뒤 로운 백작가로 향하면서 사실로 판명이 났다.

"클레디오 백작이다!"

"클레디오 백작이 왔다!"

"제국 최강의 기사라니……."

보무도 당당하게 성안으로 들어선 그를 보기 위해 곳곳에서 사람들이 몰려왔다.

이미 오래전부터 제국 최강이라는 수식어를 지켜온 그의 존재감은 당연 압권이었다.

불과 백여 명의 기병을 이끌고 로운 백작가를 방문한 그는 티엘과 자리를 만들었다.

"올 거라고 생각했다."

다만 그것이 결혼 전일 줄 몰랐을 뿐이다.

"물어볼 것이 있다."

"내가 한 말에 호기심을 느꼈나?"

"……."

"그나저나 이곳에서 만나니 재미있군."

침묵하는 그를 보며 티엘은 흘러나오는 웃음을 참지 못했다.

이미 클레디오 백작이 어떠한 연유로 그러한 힘을 얻게 된 것인지 알게 되었기에 반드시 제거하겠다는 생각 같은 것은 없었다.

오히려 드래곤의 힘을 품은 그가 어디까지 성장할지 지켜보는 재미가 생겼을 뿐.

그 사실을 모르는 클레디오 백작으로서는 자신의 비밀을 알고 있는 티엘이 껄끄럽게 느껴질 수밖에 없었다.

"자세한 것은 결혼 후에 이야기해 주도록 하지."

"믿을 수 있나?"

"지금 나 말고 믿을 수 있는 사람이 있나 보군."

"그건 아니다."

휘하의 카르딘 남작이나 하멜 남작은 믿을 수 있는 수하였지만 모든 비밀을 터놓고 공유할 수 있는 사이는 되지 못했다.

"이곳에 편히 쉬며 머물도록. 때가 되면 찾아가 궁금한 점을 풀어주도록 하겠다."

"그러지."

지금 주도권을 쥔 것은 자신이 아니라 티엘이란 걸 느낀 클레디오 백작은 더 말할 것을 느끼지 못한 채 조용히 고개를 끄덕였다.

제9장
성대한 결혼식

티엘의 결혼식은 그동안 좀처럼 짝을 맞이하지 않던 그가 드디어 결혼을 한다는 상징적인 의미도 있었지만 제국에 강력한 세력을 떨치고 있는 헤인조 지방의 주인이 드디어 가정을 만든다는 것에 더 큰 의의를 두었다.

결혼을 함으로써 후계자가 태어날 것이고, 후손의 존재는 가문이 더 튼튼하게 뿌리를 내릴 수 있는 미래의 기반이 될 터였다.

뿐만 아니라 인근 지방의 실력자인 아스트롱 공작가와 남부의 드루윙 백작가의 공고한 결합은 로운 백작가의 힘이 제국 전역으로 뻗어나갈 수 있는 기반이 되어줄 터였다.

"드루윙 백작입니다. 공작 전하를 뵙게 되이 영광입니다."

"영광이랄 것까지야. 지칠 대로 지쳐서 이제 편히 쉬려는 뒷방 늙은이에 불과하오."

"누가 감히 공작 전하를 그렇게 평가한단 말입니까? 만약 다른 자들이 그렇게 평가했다면 제가 가만히 있지 않을 것입니다."

"말이 그렇다는 것이오, 허허."

클루스 지방의 영주를 끌어 모아 이끈 아스트롱 공작의 능력도 대단한 것이었다.

허허롭게 웃는 그를 잠시 바라보던 드루윙 백작은 조심스러운 어조로 말을 건넸다.

"크레티아 공녀를 시집보내는 것이 꺼림칙하지 않습니까?"

"그게 무슨 말이오?"

"아무래도 제 아이가 첫 부인이 되는 것이 죄송해서 그렇습니다."

로웰린이 첫째 부인이고, 크레티아가 둘째 부인이 되었다. 단순한 순서 나열이었지만 공작가의 공녀가 둘째 부인밖에 되지 못한 것은 자칫 사교계의 웃음거리로 전락할 수 있었다.

아스트롱 공작이 조용히 고개를 저었다.

"오히려 두 번째인 것이 다행이라고 생각하오. 제국 최강이라는 타이틀을 얻은 로운 백작의 부인에게도 많은 이목이 집중되겠지. 그중 가장 큰 관심을 차지하게 될 것이 첫째 부인이라 생각하오. 내 딸이기는 하지만 아직 여린 면이 있어 그 관심을 이겨내지 못할 가능성이 높소."

"그렇게 말씀해 주시니 저도 마음이 놓입니다."

"어차피 허울뿐인 것이니 걱정할 이유는 없소. 오히려 크레티아를 받아들일 수 있게 도와준 드루윙 백작가에 고마움을 느끼고 있지."

"본가는 로운 백작님에게 너무나 큰 은혜를 입었기에 그러한 권리를 주장할 생각이 없습니다. 혹 공작 전하께서 기분이 나쁘실까 싶어 언급했던 것이니 너무 기분 나빠 하지 말아주시지요."

"알겠소. 드루윙 백작이 무엇을 걱정하는지 잘 알겠소."

딸을 시집보내는 두 귀족의 마음은 상당 부분 일치하는 면을 보이고 있었다.

차를 마시며 대화를 나누던 그들은 어느 순간 의기투합을 하고 있었고, 그윽하게 풍기던 차향은 주향으로 빠르게 채워나가고 있었다.

헤인조 지방의 결혼식이라는 것은 하나의 절차라기보다

거대한 축제에 가까웠다.

따뜻한 남부 지방이기에 먹거리가 풍부했고, 결혼식을 열면 음식을 만들어 찾아온 손님들에게 대접하고 공식적으로 부부 사이가 되었음을 공표했다.

그것은 헤인즈 지방이 귀족이라고 해서 크게 다르지 않았다.

다른 점이라고는 규모를 더 크게 하여 손님뿐만 아니라 영지민들이 즐겁게 즐길 수 있는 하나의 축제로 만든다는 점이었다.

결혼 하루 전, 내일이면 신랑이 될 생각에 가슴 가득 채운 설렘을 지우지 못할 순간이었지만 티엘이 그런 감정을 느낄 리가 없었다.

아니, 아침부터 붙들림으로써 그럴 여지를 사전에 차단당했다고 해야 함이 옳았다.

"내 아들이지만 너무 멋있다."

"역시, 내 안목은 정확했어."

아침 식사를 먹기 무섭게 티엘의 거처로 방문한 것은 마리아와 실비아였다.

그녀들은 다짜고짜 티엘을 끌고 나갔고, 도착한 것은 드레스룸이었다.

그곳에는 그가 내일 결혼식에 입을 수십 벌의 예복이 존재하고 있었다.

"이럴 때가 아니면 언제 오라버니의 옷을 마음껏 입혀보겠어요?"

"네 말에 동의하고 있단다. 이때가 아니면 불가능한 일이지."

"……."

대놓고 들으라는 식으로 말을 하자 티엘의 눈썹이 꿈틀거렸지만 함부로 행동에 옮길 수 없었다. 그러다 옷만 갈아입는 것이 약 두 시간이 넘게 흘러가자, 참지 못하고 실비아에게 물었다.

"언제까지 이럴 거냐."

"준비한 옷을 다 입을 때까지 할 거예요. 아직 반의 반도 입지 못했어요."

"대충 아무거나 고르면 될 것 같은데."

"천만에 말씀! 제국 각지에서 결혼식을 보기 위해 참가했는데 예복이 이상한 거면 어떻게 보겠어요? 그건 가문을 욕보이는 행동이에요! 저는 그걸 절대 용납할 수 없어요, 오라버니."

"그래도 이건 심하지 않나."

내일 결혼한다는 것을 내세워 보았지만 돌아온 실비아의 대답은 가관이었다.

"나나 어머니나 오라버니가 결혼식에 최대한 협조하라는 말에 따르는 것뿐이랍니다. 현명한 오라비니라면 자신이 한 말을 잊을 리 없다고 생각해요."

"……."

무심코 그 말을 꺼냈던 티엘은 자신이 완벽하게 당했다는 것을 깨달을 수 있었다.

"그러니 포기하세요. 걱정은 하지 말고요. 어머니와 제가 아주 살살 다뤄줄 테니. 호호홋!"

웃음을 터뜨리는 실비아의 모습은 결혼한 여성의 억척스러움이 묻어나오고 있었다.

결혼식을 하는 티엘은 멋들어진 예복을 차려 입고 모습을 드러냈다.

좌우에는 아름다운 드레스를 입은 로웰린과 크레티아가 서 있었다.

로웰린은 그녀의 순수한 아름다움과 잘 어울리는 흰색 드레스를 입고 있었고, 크레티아는 화려한 아름다움을 뽐낼 수 있는 붉은 드레스를 입었다.

두 여인의 미모가 결혼식장을 환하게 밝혀줘 지켜보던 이들의 감탄을 자아냈다.

"로운 백작은 제국 기사들이 부러워하는 힘을 가졌지만 그보다 더 부러운 건 아름다운 여인들이다."

누군가의 중얼거림이었다.

가문, 무력, 여인, 금력, 모든 것을 다 가진 그는 남성에게 있어 부러움의 대상 그 자체였다.

신전에서 초청한 대신관의 축복을 받으면서 영원한 사랑을 맹세하고, 짧은 입맞춤으로 결혼식의 모든 절차를 마칠 수 있었다.

주변에서 터져 나오는 우레와 같은 박수 소리를 들으며 두 여인의 얼굴이 잔뜩 상기되어 있었다.

"마음껏 즐기길."

짧은 축사를 한 티엘은 본격적으로 축제를 열었다. 결혼식에 참가한 귀족들은 분주히 움직이면서 친분을 나누기 바빴다.

이곳에 모인 귀족은 황도에서 볼 수 있는 중앙 귀족과 그 성격이 판이하게 달랐다.

대부분이 중앙 정계에 진출하지 않거나 못한 지방 귀족이었고, 그동안 급변하는 정세 속에서 자신의 목소리를 내지 못한 이들이 대다수였다.

그들은 이 자리에 모인 아스트롱 공작이나 드루윙 백작에게 몰려들면서 인사를 나누기 바빴다. 공식적으로 티엘의 장인이 된 두 사람은 제국 최강의 기사를 움직일 수 있는 몇 안

되는 인물이 되었다.

카이후 주변에도 많은 사람이 있었다.

히드로 2세의 신임을 듬뿍 받고 있는 레디븐 백작의 제1책
사인 만큼 앞으로 제국의 정세를 주도할 수 있는 인물의 최측
근이었다.

그와 달리 클레디오 백작의 주변은 한산했다.

수행을 위해 따라온 하멜 남작은 술을 털어 넣으며 불만 섞
인 목소리로 중얼거렸다.

"주군께서 왜 이곳에 오셨는지 모르겠습니다."

"해야만 하는 일이 있다."

"이런 자리가 익숙해서 그런 것입니다. 죄송합니다, 주군."

깜짝 놀란 하멜 남작이 사과했지만 클레디오 백작은 대답
하지 않고 조용히 술잔을 기울였다.

오늘 자리에서 궁금한 점을 물어볼 생각은 없었다. 며칠 동
안 조용히 명상 수련을 한 뒤 티엘이 시간이 나면 찾아가 궁
금증을 풀 생각이었다.

"정말 부부가 되었군."

"꿈만 같아요."

티엘의 중얼거림에 크레티아가 품에 폭 안기며 말했다. 옆
에 선 로웰린은 미소를 지으며 그 모습을 조용히 바라보고 있

을 뿐이었다.

"결혼이라는 것이 이렇게 어려울 줄 몰랐다. 두 번 다시 할 만한 행사가 아니군."

"그래도 좋았는걸요?"

"저도요. 준비하는 것이 너무 재미있었어요."

크레티아의 말에 로웰린이 힘을 보탰다. 어제 하루 동안 꼼짝없이 인형 신세를 면치 못했던 티엘은 전혀 즐겁지 않았지만 그녀들의 즐거워하는 표정을 보고 나직이 고개를 끄덕였다.

"즐거웠다면 그것으로 되겠지. 내가 익숙지 않을 뿐이니 신경 쓰지 말도록."

"어떻게 신경을 안 쓰겠어요. 우리는 이제 부부인걸요."

"어렵군."

"앞으로 차차 고쳐 나가면 된다고 생각해요. 부부는 함께 고민하고 함께 일을 해결해 나갈 수 있어요. 백작님의 고민을 저희가 같이 생각하도록 할게요."

"말이라도 고맙다."

정숙한 로웰린과 통통 튀는 크레티아는 각자 지닌 매력이 뚜렷했다.

그녀들의 행복한 표정을 보며 티엘도 어느 정도 마음을 다스릴 수 있었다.

결혼식 뒤풀이 파티는 성대하게 개최되었고, 모두 화기애애한 분위기를 만들면서 즐겁게 마무리를 지을 수 있었다.

조용히 자리를 벗어나니 난감한 일이 하나 발생했다.

바로 첫날밤을 누구와 보내느냐였다.

티엘이 아무 밀도 하시 않자, 크레티이가 로웰린의 등을 떠밀었다.

"첫날밤은 언니가 먼저 보내기로 했어요. 나중에 끼어들어서 미안한데, 첫날밤마저 욕심을 내는 건 안 좋다고 생각했어요."

"크레티아……."

이 부분에 대해 전혀 듣지 못했던 로웰린의 눈이 동그랗게 변했다. 그녀의 놀란 반응에 크레티아는 혀를 내밀며 외쳤다.

"그렇다고 내 기분도 마냥 좋은 건 아니거든요? 나도 욕심이 나지만 양보하는 거니까 나중에 원망하면 안 돼."

"응."

"그럼 즐거운 시간 보내세요."

그 말과 함께 몸을 돌려 총총 걸음을 옮기는 그녀였다.

"……."

졸지에 둘만 남게 되자 로웰린은 부끄러움에 아무 말도 할 수 없었다.

우두커니 서 있는 티엘을 보면서 먼저 가자고 나서기도 어려운 노릇이라 얼굴을 붉힌 채 고개를 숙이고 조용히 있을 뿐이었다.

"들어가지."

"네……."

티엘이 손을 잡아 못 이기는 척 이끌려 안으로 들어가는 그녀였다.

"오늘이네."

카롤리나는 날짜를 세어 보다가 오늘 티엘과 두 여인의 결혼식이 열린다는 것을 알아차렸다. 그녀의 맞은편에 앉아 있던 여인은 눈살을 살짝 찌푸리며 물었다.

"정말 그에게 시집을 갈 거니?"

"응."

"난 이해가 되지 않아. 네가 뭐가 아쉽다고 그런 형태로 시집을 가려는 건지."

"그만큼 대단한 능력을 가진 분인걸."

"그건 알아. 그렇지 않으면 제국 최강이라는 칭호를 받을 수 없을 테니까. 하지만 스스로의 능력으로 높은 곳까지 올라갔잖아. 나는 네가 세 번째 부인이 되려는 것이 이해가 되지 않아."

만류의 의미가 담긴 말이었다. 그 속에 담긴 의미를 알아차린 카롤리나가 미소 지었다.

"세 번째라서 오히려 나아. 내 꿈이 뭔지 알고 있잖아? 그 분에게 호감도 있지만 내 능력을 인정해 주는 남자를 만나고 싶었어. 세 번째면 운신의 폭이 다른 부인보다 더 자유로울 테고."

"내가 널 어떻게 말리겠어. 이렇게 말해도 말이 먹히지 않는 걸 보면 너도 단단히 빠진 것 같아."

"그렇게 보여?"

"그렇지 않으면 이렇게 완고한 모습을 보일 리 없잖아. 평소에는 내 말이 다 맞다면서 맞장구를 쳐줄 때는 언제고."

"내가 믿는 친구는 너란 걸 알잖아, 로즈."

그녀와 대화를 나누고 있는 여인은 카본 대공의 딸이자 제국사대미녀 중 한 사람인 로즈였다. 시종일관 카롤리나의 결혼에 부정적인 말을 꺼내던 그녀는 자신을 달래듯 말하는 걸 보고 입술을 삐죽였다.

"칫!"

"왜 이렇게 불만이 쌓였을까. 하고 싶은 말이라도 있어?"

"특별히 없어. 그런데 로운 백작이라는 사람이 그렇게 대단해? 카롤리나 네가 세 번째 자리를 감수할 만큼?"

잠시 멈칫한 카롤리나가 조용히 고개를 끄덕였다.

"내가 감히 그릇을 잴 수 있는 분이 아니야. 그 역량의 한

계가 어디까지 닿아 있는지 파악하는 게 불가능했으니까. 정말 대단한 분인 건 분명해."

"카롤리나 네 판단인데 내가 어떻게 이의를 표하겠어. 대신 정말 결혼하려면 내 허락도 구해야 한다는 걸 잊지 마. 난 아직도 부정적이니까."

"그럼 한번 같이 가서 백작님을 뵐까?"

"아버지가 허락할 리가 없잖아."

딸을 아끼기로 유명한 카본 대공이었기에 로즈가 영지를 벗어나는 것은 불가능에 가까운 일이었다.

그 모습을 누누이 지켜본 카롤리나였기에 미소를 지으며 그녀를 다독일 수밖에 없었다.

"그럼 어쩔 수가 없네. 내가 언젠가 한번 소개시켜 줄게."

"그 언젠가란 말이 마음에 걸려. 후, 네 고집을 꺾으려는 내가 바보였지."

"너도 보면 알게 될 거라 믿어. 나는 내 결정을 후회하지 않으니까."

"그래그래."

확언하듯 종지부를 찍는 카롤리나의 모습에 로즈는 고개를 끄덕였다.

'대체 어떤 남자라서 제국사대미녀 중 둘을 취하고도 카롤리나를 이렇게 만든 거야?'

같은 제국사대미녀이기에 그녀의 마음속에 숨길 수 없는 호기심이 자리를 잡아가고 있었다.

결혼식을 올린 뒤, 며칠간 꿈같은 시간이 흘러갔다.

로웰린과 첫날밤을 보낸 티엘은 다음 날 크레티아와 첫날밤을 보냈다.

이틀 사이 아름다운 두 명의 부인을 정식으로 맞이한 티엘은 입가에 쓴웃음을 지었다.

"이러니 다들 그렇게 난리를 부렸던 것이로군."

부부관계라는 것은 티엘로 하여금 새롭게 눈을 뜨는 계기를 제공하였다.

그것에 빠져든 것은 아니었지만 정신뿐만 아니라 몸과 몸이 얽히며 나눈 깊고 은밀한 대화는, 씨앗에 불과했던 애정의 싹을 틔워 열매를 맺게 할 만큼 강렬했다.

사흘간 축제가 끝나고 일상으로 돌아왔지만 티엘의 일상에 큰 변화는 없었다.

낮에는 주어진 업무를 처리하고 저녁에는 튼튼한 후계자를 갖기 위해 움직일 뿐이었다.

오늘도 묵묵히 업무를 처리하던 티엘은 집무실 기류가 무겁게 가라앉은 것을 느끼곤 입을 열었다.

"굳이 몰래 찾아올 이유가 있나?"

"여자에게 빠져 있어 언제 볼 수 있을지 확신할 수 없더군."

흐릿한 잔상과 함께 모습을 드러낸 것은 클레디오 백작이었다.

며칠 동안 기다리다가 직접 나서서 티엘을 찾아온 것이다.

"그렇군, 그쪽 입장에서는 궁금할 수밖에 없을 테니."

"아스트롱 공작령에서 들었던 말을 기억하고 있다. 대답해라, 어떻게 내가 블랙 드래곤의 심장을 취한 걸 알고 있는 거지?"

클레디오 백작의 두 눈동자가 검은빛으로 물드는 것이 티엘에게 보였다.

그것은 드래곤의 힘에 잠식되어 가는 과정이라 볼 수 있었지만 그렇다고 결정을 내리기에는 클레디오 백작이 확실한 이성을 지니고 있었다.

이는 아직 힘에 도취되어 자신을 잃지 않았다는 걸 의미했다.

"블랙 드래곤은 다른 드래곤들과 달리 사악하고 음흉하지. 그래서 일찍이 용마대전에서 드래곤을 배신하고 마족의 편에 선 것이다. 덕분에 드래곤은 대부분 죽고 사라져 자취를 찾을 수 없게 되었지."

"……"

"드래곤의 심장 이야기를 아나? 드래곤 하트는 의지 그 자체지."

"알고 있다."

갑작스러운 주제 변환에 클레디오 백작은 의아한 표정으로 고개를 끄덕였다.

"블랙 드래곤은 마족의 일원이 된 족속답게 힘을 기르는데 많은 관심을 가지고 있다. 그러던 중 괜찮은 방법을 개발했는데 바로 자신의 심장을 중간계로 보내 그 힘을 취하도록 만드는 것이지. 전설의 보물인 드래곤 하트를 얻은 이는 대단히 기뻐하며 그것을 취한다. 그리고 놀라운 성취를 보이기 시작하지. 하지만 거기에서 끝나는 것이 아니다. 어둠에 물든 드래곤 하트의 힘에 서서히 잠식당하면서 자아를 잃어간다. 살육에 무뎌지고 더 큰 힘을 갈망하게 되지."

"……."

모든 것이 자신에게 해당되는 사안이었다. 클레디오 백작의 눈동자가 더욱 짙은 검은색으로 물들었다.

"그리고 두 가지 유형으로 나뉜다. 힘에 취해 모든 것을 잃은 존재와 그것을 제어하려고 노력하는 존재. 그런 점에 있어 넌 후자라고 할 수 있군."

"그들은 어떻게 되었지?"

"전자는 블랙 드래곤이 중간계에 강림할 수 있는 촉매제가 된다. 마계와 중간계 사이의 벽을 뚫는 것이 아닌 드래곤 하트와 그것을 취한 이의 육체가 곧 드래곤 육체의 영양소로 전락하게 되지. 광룡이 모습을 드러내 국가를 멸망시켰다는 것이 대부분 블랙 드래곤의 소행이다."

생각만 해도 끔찍한 경우가 아닐 수 없었다. 클레디오 백작은 표정 하나 바꾸지 않은 채 물었다.

"후자는?"

"자기 스스로 그 힘을 완벽하게 통제하고 있다고 생각하지. 하지만 자신도 모르는 사이 서서히 드래곤 하트의 마력에 취해 버린다. 그리고 종래에는……."

티엘의 두 눈이 클레디오 백작을 바라보았다. 그도 시선을 피하지 않은 채 담담히 다음 말을 기다렸다.

"드래곤의 노예가 되어 자신의 몸을 제물 삼아 직접 마계의 문을 연다."

『레드 크로니클』 7권에 계속…

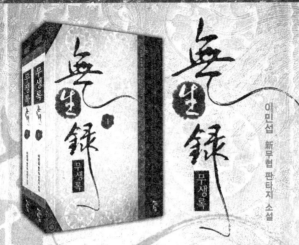

FUSION FANTASTIC STORY
천성민 장편 소설

짐승의 규칙

『무결도왕』 『다크로드 블리츠』
천성민 작가의 신간!

짐승의 규칙

살아야만 했다.
나를 위해 희생당한 부모님을 위해.
복수를 위해.

죽여야만 했다.
내가 살기 위해 타인의 목숨을.

그렇게……
나는 짐승이 되었다.

Book Publishing CHUNGEORAM

유행이 아닌 자유추구 -
WWW.chungeoram.com